MEJORES AMIGAS, NUNCA JAMÁS

Segunda novela de la Serie Clique

LISI HARRISON

ALFAGUARA

GIROL SPANISH BOOKS
120 Somerset St. W.
Ottawa, ON K2P 0H8
Tel/Fax (613) 233-9044

ALFAGUARA

Título original: *Best Friends for Never*
© Del texto: 2004, 17th Street Productions, una compañía de Alloy Entertainment
Todos los derechos reservados.
Publicado en español con la autorización de Alloy Entertainment

© De esta edición:
2009, Santillana USA Publishing Company, Inc.
2105 NW 86th Avenue
Miami, FL 33122, USA
www.santillanausa.com

Diseño de la portada:
© Little, Brown and Company
Reproducida y adaptada con autorización de Little, Brown and Company

Dirección editorial: Isabel Mendoza
Traducción: Una Pérez Ruiz
Editora: Elva Schneidman

Alfaguara es un sello editorial del **Grupo Santillana**. Éstas son sus sedes:

ARGENTINA, BOLIVIA, CHILE, COLOMBIA, COSTA RICA, ECUADOR, EL SALVADOR, ESPAÑA,
ESTADOS UNIDOS, GUATEMALA, MÉXICO, PANAMÁ, PARAGUAY, PERÚ, PUERTO RICO,
REPÚBLICA DOMINICANA, URUGUAY Y VENEZUELA.

Mejores amigas, nunca jamás
ISBN: 978-1-60396-321-3

Published in the United States of America
Printed in the U.S.A.

15 14 13 12 11 10 09   1 2 3 4 5 6 7 8 9 10

Un agradecimiento muy especial a Ben Schrank, Lynn Weingarten, Les Morgenstein y Josh Bank por su continua fe en mí, por sus consejos y por creer en mí de ese modo tan especial como normalmente se hace con los miembros de la familia. Y a Lauren Levine y Deb Savo: la medida de una verdadera amistad es alguien que lee más de cinco diferentes versiones de tu primera novela.

La mansión de los Block
En el comedor
7:45 p.m.
23 de octubre

Massie Block se odió por ser tan hermosa. Acercó una cuchara de plata a la cara y le echó una rápida mirada al reflejo de su imagen. Los nuevos rayitos acaramelados en el cabello oscuro hacían resaltar el tono ámbar de sus ojos y los hacían brillar aún más, tal como Jakkob, su estilista, le había prometido. Estaba estrenando una minifalda de gamuza café, que acentuaba las líneas de su cuerpo, y tenía los brazos y las piernas ligeramente cubiertos de polvillo brillante dorado. Massie dejó caer la cuchara y la apartó. Le contrariaba usar la ropa que llevaba puesta, digna de un evento de alfombra roja, en la cena de cumpleaños de su papá, especialmente porque la celebración era en su propia casa y con los *Lyonsitos*.

"Feliz cumpleaños, querido William, feliz cumpleaños a tiiiiiiiii." Ambas familias terminaron de cantar aplaudiendo. William enrojeció al tratar de apagar las cuarenta velitas de una sola vez, y Massie no pudo evitar una sonrisa. Era la primera vez que sonreía en toda la noche.

Todos estaban sentados alrededor de la elegante mesa de roble en el comedor de los Block, sin poder verse muy bien a causa de los enormes centros de mesa desbordantes de flores y frutos de temporada. El candelabro de cristal derramaba una luz tenue, aunque toda la iluminación provenía del suave y cálido resplandor de las velas rojas.

Debido a la necesidad de su mamá de controlar hasta el último detalle en todo, a Massie no le había quedado más remedio que sentarse en medio de los dos hijos de los Lyons. A su izquierda, Claire estaba metiéndose en la boca un enorme bocado del empalagoso pastel, como si *Cosmo* hubiera declarado que "ser gorda" era ahora "ser delgada". Massie apartó la mirada. A su derecha estaba Todd, el hermano de diez años de Claire. Massie miró con disgusto cómo tomaba la jarra de jugo de uva con sus dedos embadurnados de merengue.

—¡Qué asco! —dijo Massie entre dientes.

Al decirlo se cruzó de brazos y lanzó a su madre una sarcástica mirada de muchas-gracias-por-el-detalle. Kendra respondió con una sonrisa inocente, y Massie hizo una mueca de hastío. En ese mismo instante un enorme chorro de jugo de uva le empapó la falda.

—¡Oh, no! —gritó Massie, empujando su silla hacia atrás y levantándose de un salto.

—Lo siento —dijo Todd, encogiéndose de hombros—. Fue sin querer.

Apenas podía contener la risa, y Massie se dio cuenta de que mentía.

—Parece que a ustedes los hubiera criado una manada de lobos, que además eran increíblemente estúpidos —contestó Massie, limpiándose la falda con una servilleta blanca de tela.

—¡Massie! —dijo Kendra, visiblemente enojada. Luego dirigió una mirada a Judi Lyons y sacudió la cabeza como disculpándose.

Massie se ruborizó. Se dio cuenta de que su comentario era

más insultante para los papás de Todd que para éste, pero estaba demasiado alterada como para ofrecer disculpas. Si alguien tenía que disculparse eran *ellos*. Desde el Día del Trabajo, cuando la familia Lyons había dejado Orlando y se había mudado a vivir a la casa de huéspedes de los Block, la vida de Massie era un desastre. Durante los últimos dos meses, Claire prácticamente había acosado a Massie. Ahora había que llevarla en la camioneta a clases, la seguía por todas partes en la escuela, e incluso había tratado de robarse a las amigas más cercanas de Massie. Y en los últimos días Todd también había llamado su atención. Toda esa familia estaba echando a perder su estilo de vida, y Massie estaba desesperada por quitárselos de encima. Le chocaba que su papá hubiera decidido empezar con el rollo de los "viejos amigos de la universidad" con Jay Lyons. ¿Por qué no mejor elegir a Calvin Klein?

Todd tomó una servilleta y comenzó a frotar la falda de Massie como si estuviera puliendo un auto deportivo.

—Déjame ayudarte.

—¡No, gracias! Aléjate, pervertido —le dijo Massie, dándole un manotazo en el brazo.

Massie miró a su mamá, quien movía sin parar el dije de diamantes de la cadena de platino que llevaba al cuello y le echaba a su esposo una urgente mirada de haz-algo.

—Cariño, cálmate —le dijo William a su hija—. Todd sólo trataba de ayudarte —su voz era firme y paternal—. Yo te compro otra falda.

—Pero lo hizo a propósito —dijo Massie—. Vi cómo volteaba la jarra hacia mí.

Kendra tomó la delicada campanita de porcelana de la mesa

y la hizo tintinear hasta que Inez, el ama de llaves de los Block, apareció por la puerta de la cocina.

—Dígame, señora —Inez se alisó el delantal del uniforme y se acomodó el apretado moño de cabello canoso: le gustaba que todo estuviera en su lugar.

Kendra suspiró y volteó a ver a Massie.

Inez se fijó en la mancha y se dirigió rápidamente a la cocina. Regresó con una botella de agua mineral y una esponja. Massie levantó los brazos, e Inez comenzó a frotar con toda la fuerza de sus huesudos brazos.

—Todd, ¿lo hiciste a propósito? —le preguntó Judi; tomó una fresa bañada en chocolate y trató de masticarla manteniendo su pequeña boca bien cerrada.

—Por supuesto que lo hizo a propósito —chilló Massie—. Ha estado mirándome con sus ojotes de vaca desde que nos sentamos.

—Hijo, parece que eres casi tan encantador como tu papá —Jay Lyons se dio unos golpecitos con la palma de la mano en la barriga y dejó escapar una sonrisa de satisfacción.

Todd se besó las puntas de los dedos e hizo un guiño. Todos, excepto Massie, se rieron.

—Te felicito, Todd. Finalmente lograste que me fijara en ti —dijo Massie, molesta—. ¿Qué vas a hacer mañana, cuando te vuelva a olvidar? ¿Incendiar mi cuarto?

Claire se quitó la servilleta del regazo y la arrojó al plato.

—Bueno, al menos es sólo una simple falda, ¿no? —dijo Claire—. No saliste lastimada ni nada por el estilo.

—No es una "simple falda", Claaaire —contestó Massie, señalando la prenda—. *Esto es gamuza.*

—¡Oh! —dijo Claire y se rió en voz baja.

—¿Qué? —explotó Massie.

—Sólo pensaba en lo curioso que es, ya sabes, que la ropa sea taaan importante para ti. Eso es todo.

—En realidad, Claire, lo que a mí me parece "curioso" es que la ropa sea tan POCO importante para *ti*. Te has puesto ese cuello de tortuga color estiércol tres veces en *esta semana*. Y, por alguna razón, crees que esos pantalones de lana gruesa son para mujer, cuando es claro que son exclusivamente para tontos sin remedio —Massie señaló a Todd—, ya sabes, como tu hermano.

Massie se apartó de Inez cuando notó la fuerza con que frotaba. Ahora le habían quedado pedacitos de esponja amarilla en la falda. Massie estaba desconsolada. Era la falda que mejor le sentaba, y ahora estaba destinada a convertirse en un cojín para Bean, su cachorrita negra. Massie miraba directamente a Claire, como si fuera su culpa.

—Te doy una pista, Claire. La próxima vez que escojas todo tu guardarropa del catálogo de J. Crew, tienes que *pasar* la sección masculina —dijo Massie—. La ropa de mujer siempre está al final.

—¿Y cómo lo sabes *tú*? —dijo Claire fijándose en sus pantalones—. Pensé que estabas *muuy a* la moda como para comprar de un *ca-tá-lo-go* —y dijo esta última palabra en tono desdeñoso.

—Oigan, ¿qué tal si vamos al centro comercial y te compramos una nueva falda? ¡Sería bien divertido! —Judi Lyons aplaudió con sus manos regordetas y sonrió como si acabara de anunciar que iban a celebrar Navidad cinco veces al año.

Massie tomó un trago de su San Pellegrino para no tener

que responder a la invitación de Judi. No podía imaginarse nada peor que tener que ponerse algo elegido por Judi Lyons. Todos en esa familia se vestían como turistas: camisetas enormes, mezclilla clara y zapatos cómodos.

—Al menos, mi vida *entera* no gira alrededor de lo que la gente piensa de mi ropa —Claire se quitó el broche que impedía que su flequillo, ya demasiado largo, le cubriera los ojos para recogerse con él los mechones de cabello a un lado de la cabeza.

—¡Eh!, pensé que estábamos celebrando —dijo Jay Lyons—. Hasta donde tengo entendido, esto era una fiesta de cumpleaños —tomó un pedacito de pastel de vainilla del plato para dárselo a Bean por debajo de la mesa.

Massie observó con satisfacción cómo su esbelta perrita rechazaba con la naricita negra el ofrecimiento de Jay. Massie se dio una palmada en el muslo y Bean corrió hacia ella.

—Papi, no quería arruinar tu fiesta —dijo Massie—. Es sólo que *cuido* mi apariencia —se inclinó para acomodar la boa de plumas color turquesa alrededor del cuello de Bean—. Tú me enseñaste a hacerlo, ¿recuerdas?

—Por supuesto que lo recuerdo, linda —dijo William—. Y siempre te ves perfecta para mí.

—Hoy no, gracias a él —dijo Massie, lanzándole a Todd una furiosa mirada.

Todd se agarró la cabeza con las manos y comenzó a mecerse de atrás hacia adelante, como si se sintiera de lo más arrepentido. Massie sabía que estaba fingiendo, pero Claire, por supuesto, ni cuenta se daba.

—Massie, una cosa es ser cuidadosa con tu apariencia y otra estar obsesionada —dijo Claire, poniéndole a su hermano el brazo en los hombros—. Y cuando le gritas a un niño de diez años por una simple falda, es que estás obsesionada —la mano de Claire temblaba al tomar su vaso de refresco.

En el comedor reinó el silencio.

—Claire tiene razón en eso, querida —dijo Kendra, pasándose la mano por el sedoso cabello castaño, cortado estilo príncipe valiente—. Nunca has entrado a esta casa sin una bolsa de compras en la mano desde que tenías nueve años.

—Eso no es cierto —dijo Massie, muy erguida y con las manos en la cadera.

—Claro que sí —dijo Claire—. En los dos meses que llevo aquí has ido de compras a Nueva York cuatro veces. ¿Y qué me dices de los viajes al centro comercial de Westchester después de clases?

—La ropa es necesaria —dijo Massie—. No puedo andar desnuda por ahí, ¿verdad?

—¿Quién dice que no? —dijo Todd con una sonrisa diabólica—. *Yo* creo que sí puedes.

—¡Todd! —le reprochó Judi.

—Está bromeando, querida —dijo Jay—, ¿verdad, hijo?

—No —dijo Todd, guiñándole un ojo a su papá, que solamente se rió y sacudió la cabeza.

Massie miró a Todd e hizo una mueca de hastío.

—Eres adicta a las compras —dijo Claire—. Apuesto a que no puedes soportar ni un mes sin comprarte ropa.

—¿Ah, sí? Pues tú eres una criminal empedernida. Apuesto a que no puedes pasar ni un mes sin ponerte el mismo conjunto dos veces —dijo Massie—, incluyendo los Keds.

—¡Massie! —exclamaron Kendra y William al mismo tiempo.

—Muy bien —Claire se levantó y se plantó frente a Massie—. La que pierda tendrá que ponerse la ropa de la otra para ir a la escuela por una semana.

Los ojos de Massie se dilataron de terror sólo con la idea de tener que llevar tenis y pantalones de mezclilla de cintura alta de Gap a la escuela.

—No acepto —dijo Massie—. Para ti, llevar mi ropa sería una suerte. Eso no es un castigo, es un premio. Tiene que ser algo de verdad desagradable —y comenzó a darle vuelta a su brazalete de dijes mientras pensaba—. Ya sé, la que pierda tendrá que ponerse uno de mis viejos trajes de esquí para ir a la escuela durante una semana. Con todo: mallas, lentes para la nieve, botas de esquí, guantes y gorra.

—Massie, no seas ridícula —dijo Kendra.

Massie se concentró en Claire.

—Está bien —aceptó Claire, tendiéndole la mano. El gesto duró más de lo necesario, porque ninguna de las dos quería ser la primera en soltarse.

—Me parece perfecto, Claire. Gracias —dijo William con una sonrisa divertida—. Acabas de ahorrarme una tonelada de dinero.

Los papás se rieron. Pero la expresión en los rostros de Claire y Massie no cambió. Seguían frunciendo la boca y se miraban fijamente.

Finalmente, Massie soltó a Claire para contestar su celular, que tomó de la funda de tela con monograma que llevaba enganchada al cinturón de la falda, y salió del comedor. Bean la siguió.

—¿Hola? —dijo Massie, dando vueltas sobre la alfombra color crema de la sala.

—Hola —dijo Alicia—. Tengo noticias que valen por lo menos diez puntos de chisme.

Massie sintió que se le aceleraban los latidos del corazón, como le pasaba siempre que iba a escuchar un chisme. Sabía que Alicia Rivera no era el tipo de persona que pedía diez puntos a menos que realmente los mereciera. Esa belleza española era una experta en el tema y sabía mejor que nadie que una historia bien contada valía alrededor de cinco puntos, como máximo. Así que tenía que ser algo fenomenal.

—Cuéntame —dijo Massie, sentándose en el sillón blanco junto a la chimenea.

—Pues estaba en mi clase de golf después de clases, ¿ves?

—Veo —Massie se levantó y comenzó a dar vueltas de nuevo.

—Y en el calentamiento...

—Sí, ¿qué? ¡Ya dime! —exclamó, balanceándose en las puntas de los pies.

—Oí a Becca Wilder decirle a Liz Goldman que cree que tú ya vas de *salida.*

—¿*De salida?* —protestó Massie, mirándose en el espejo sobre la repisa de la chimenea—. ¿A qué te refieres con eso?

—Becca piensa que las cosas se te están saliendo de las manos, y dice que no pareces estar tan en control como el año pasado.

—¿Y qué dijo Liz?

—Está de acuerdo —dijo Alicia—. Pero eso no es novedad. Liz siempre está de acuerdo con lo que diga Becca. El caso es que se les ocurrió hacer una gran fiesta de parejas de Halloween, para que todo el mundo hable de *ellas* y no de ti, para variar. Ya hasta tiene nombre: la fiesta Halloweenie.

Massie estaba realmente sorprendida. Sintió que el cuerpo le ardía y se le helaba a la vez. La cabeza le daba vueltas.

"¿De verdad voy de salida? ¿Ya me ven como la chica que *era* popular? ¿Por qué no me di cuenta antes? ¿Serán solamente Becca y Liz las que piensan así o ya se me escapó todo el grupo? ¿Por qué no se me ocurrió a mí lo de la fiesta de parejas? Tenía que haber sido mi idea. ¡Yo siempre tengo esas ideas primero!"

—No es posible —se oyó decir Massie en voz alta. También había tenido la intención de organizar algo para Halloween; pero, como todo en los últimos días, su plan no le resultó.

—Si quieres le puedo pedir al guardaespaldas de mi papá que le quite esa idea de la cabeza —dijo Alicia con una risita.

—No gracias, lo haré yo misma —dijo Massie—. Ya le enseñaré a Becca y a Liz y a todo el grupo que las cosas no se me están saliendo de las manos. Bueno, me voy —estaba a punto de colgar, cuando se dio cuenta de que Alicia seguía en la línea.

—Espera, ¿qué pasó con mis diez puntos? —preguntó Alicia.

—Esto no tiene nada que ver con puntos, Alicia —dijo Massie—. Es una cuestión de orgullo —y cerró el celular.

Massie estaba a punto de regresar al comedor, pero se detuvo al oír que alguien decía su nombre. Se ocultó detrás de las puertas de vidrio, y aguantó la respiración para no perderse ni una palabra.

—De verdad, no sé qué pasa con Claire y Massie —dijo Judi—. Creí que a estas alturas ya serían muy buenas amigas.

Massie se asomó para ver la reacción de Claire, pero su asiento estaba vacío. Seguramente se había levantado mientras Massie hablaba por teléfono.

—Estoy de acuerdo con Judi —agregó Kendra—. Me sorprende que no sea así.

—Pues no se te nota —dijo William.

Kendra se encogió de hombros y dijo: —Botox.

—Bueno, no porque vivan en el mismo lugar significa que deban ser inseparables —dijo Jay—. Quizá necesiten más tiempo para adaptarse. Ya saben, como los gatos que defienden su territorio.

—Pues gatitos furiosos serían una presencia bienvenida por aquí —dijo Kendra, moviendo una fresa a medio comer con su tenedor de plata—. He intentado toda clase de cosas para acercarlas, y ya se me acabaron las ideas —apartó el plato, junto con el mantel individual de espiguilla en rojo oscuro, para no maltratar la reluciente mesa de madera.

Massie siguió en silencio, sujetando los dijes de su pulsera para que no tintinearan. Tomó a Bean en brazos y subió de puntillas a su cuarto. Se le había ocurrido una deliciosa travesura.

Pero antes de hacer cualquier otra cosa, Massie se tiró sobre el edredón de plumas violeta y encendió su PalmPilot. Como tantas otras figuras históricas, tenía que registrar los acontecimientos más recientes, para que las futuras generaciones dispongan de un recuento de su vida.

ESTADO ACTUAL DEL REINO	
IN	**OUT**
COMPRANORÉXICA	COMPRADICTA
FIESTA HALLOWEENIE	CHIC O TRUCO
CLAIRE	BECCA WILDER

Claire estaba en su cuarto sentada al escritorio de caoba oscura junto a la ventana. Era un mueble antiguo que había en ese cuarto desde que llegaron, lo mismo que el resto de los polvorientos muebles que alguna vez pertenecieron a la abuela de Massie.

—Bueno, pues esto te va a sonar de lo más tétrico —dijo Claire en el teléfono—, pero a mi hermano le gusta Massie —estaba hablando con Layne Abeley, su primera y única amiga en Westchester.

—¿No es muy mayor para él? —preguntó Layne.

—No, si está buscando a una niñera.

Claire se quitó de una sacudida los Keds blancos de plataforma y puso los pies en el escritorio, junto a la tarea de diseño de modas que estaba haciendo. Aunque ésa era una materia obligatoria en la Escuela Octavian Country Day, le costaba tomarla en serio. ¿Exactamente de qué le iban a servir para llegar a ser una fotógrafa famosa todos esos patrones, pespuntes y drapeados (lo que sea que fuera eso)? En su antigua escuela de Orlando nunca habrían dado cursos de moda. Pero, bueno, había que tomar en cuenta que nada en la OCD era como en su otra escuela.

—¿Qué tal estuvo la cena de cumpleaños del señor Block?

—preguntó Layne, mientras masticaba justo en el auricular. A Claire eso no le importaba. La nueva merienda favorita de Layne era palomitas de maíz con mostaza, y ahora se la pasaba masticando ruidosamente casi todo el día. Para Claire ya era una ventaja que Layne hubiera abandonado la avena, su anterior merienda favorita. Las palomitas de maíz eran más ruidosas, pero mucho menos pegajosas.

Claire apenas había comenzado a contarle a Layne lo de la apuesta que había hecho con Massie cuando la distrajo un sonido como de campanita. Alguien le había enviado un mensaje instantáneo.

MASSIENENA: ANDAS X AHÍ?

A Claire se le heló la sangre. El cuarto de Massie en la mansión de los Block quedaba frente al de Claire en la casa de huéspedes, así que era probable que la estuviera mirando. Claire se movió hacia atrás, en un intento desesperado de apartar de la ventana la pesada silla tapizada de cuero.

"¿Por qué abrí la bocota en la cena?"

—A ver… Entonces, ¿si repites *cualquier* prenda, incluso zapatos, vas a tener que ir con un traje de esquí a la escuela?

—Exacto.

—Eso es imposible. ¿Por qué aceptaste?

—Ya me cansé de que Massie crea que soy una perdedora —dijo Claire en tono pensativo—. Quiero demostrarle que puedo ser tan dura como ella.

—¿Tienes alguna *idea* de cuántos cambios de ropa hay en un mes? —preguntó Layne.

Claire oyó el crujido de una bolsa de papel en el teléfono, seguido del ruido que hacía Layne al masticar. Sonaba como si estuviera pisoteando una pila de trocitos de espuma plástica, como los que se usan para empacar. Layne tragó un bocado y continuó: —Lo siento. Decir eso no te ayuda en nada. Mañana te llevo un buen montón de ropa.

—¡No, gracias! —exclamó Claire. La más reciente obsesión de Layne eran los pantalones de abuelito de segunda mano y las camisetas de conciertos de colección. Si a Massie le daba vergüenza que la vieran con Claire vistiendo ropa de Gap de temporada, ¿cómo iba a tomar en serio a Claire si se vestía con prendas del Ejército de Salvación?

—Estoy segura de que la enfermera Adele me puede dar algunas cosas del perchero de objetos olvidados de la OCD —dijo Claire—. ¿Recuerdas el increíble conjunto que me dió cuando Alicia me manchó el pantalón con pintura roja?

—Claro, pero yo tengo toneladas de ropa nueva que también está increíble, así que no hay problema —dijo Layne—. Tú harías lo mismo por mí, ¿cierto?

—Por supuesto —contestó Claire, y lo decía de corazón.

—Oye, ¿contestaste el cuestionario de "Sonrisas a montones" que te mandé por correo electrónico?

—Sí —dijo Claire, enredándose el cordón del teléfono en un dedo. Se preguntaba si era la única persona menor de ochenta y cinco años en todo Westchester que todavía utilizaba una conexión con alambres.

—Y, ¿qué te salió?

Claire se volvió hacia su computadora y abrió la página del cuestionario.

—Saqué sólo quince puntos. Y según mis resultados, soy toda una "Chica Depre".

—¿Por qué tan bajo? —preguntó Layne—. Yo saqué un resultado perfecto, de treinta puntos, así que, al parecer, soy "Feliz como una lombriz". ¿Qué respondiste a la cuarta pregunta?

Claire recorrió la pantalla.

SI TU VIDA FUERA UNA DE LAS ATRACCIONES DE SIX FLAGS, SERÍA...
(A) EL GUASÓN
(B) LOS HURACANES
(C) EL ALARIDO

—Yo puse "C" —dijo Claire con un suspiro—. ¿Y tú?

—"A" —dijo Layne—. ¿Y en la que sigue?

Ambas chicas leyeron en silencio.

SI TU MEJOR AMIGA FUERA RAPTADA POR MARCIANOS, ¿QUÉ EXTRAÑARÍAS MÁS?
(A) REÍRME HASTA DOLERME EL ESTÓMAGO
(B) ESTAR CON ALGUIEN QUE DE VERAS ME ENTIENDE
(C) ¿EXTRAÑAR?

—Yo elegí "A" y "B" —dijo Layne—. Te extrañaría por las dos cosas.

—Yo también —Claire pensó que era mejor mentir que lastimar los sentimientos de Layne. Si hubiera estado con sus amigas de Orlando, habría contestado "A" y "B", pero por el momento escogía "C". Layne le caía muy bien, pero, secretamente, seguía deseando formar parte del grupito de las más populares, como todo el mundo en la OCD. Massie, Alicia, Dylan y Kristen iban a cada fiesta que había en la ciudad, siempre vestidas con ropa fabulosa, y todas en la escuela las llamaban las "Cuatro Fantásticas". Sí, le habían echado encima salmón ahumado hace unas semanas, pero, ¿qué importaba eso? Estaba dispuesta a dejar atrás ese episodio si se lo pedían. Encajar en ese grupo selecto significaba encajar con *todas*. ¿Quién no querría eso?

—¿Y en la última? —dijo Layne—. Yo puse otra vez "A".

Claire buscó la última pregunta.

EL GUAPÍSIMO "NUEVO" EN LA ESCUELA SE SIENTA JUNTO A TÍ EN EL LABORATORIO DE CIENCIAS. ¿QUÉ HACES?
(A) LO INVITAS A EXPERIMENTAR CONTIGO DESPUÉS DE CLASES.
(B) LE LANZAS UNA DE LAS SONRISAS SEDUCTORAS QUE HAS ESTADO ENSAYANDO EN EL ESPEJO DEL BAÑO, Y ESPERAS A VER CÓMO REACCIONA.
(C) TE CAMBIAS DE ESCUELA: TE DISTRAE MÁS QUE UN MARATÓN DE REAL WORLD.

—¿Cuál es la diferencia? —dijo Claire—. Ni siquiera *hay* chicos en nuestra escuela —se enroscó con más fuerza el cordón en el índice y observó cómo la piel se le ponía primero roja y luego morada.

—Cálmate, "Chica Depre" —bromeó Layne.

—Todas mis amigas de la Florida me han estado enviando

mensajes sobre sus últimos flechazos. Y yo, en cambio, con el único hombre de Westchester que hablo es con el señor Block. ¿No se te antoja conocer a chicos guapos, tener flechazos y ponerte toda nerviosa cuando los ves?

—No —dijo Layne—. Trato de no desear nada, para no desilusionarme.

—¿Cómo es posible no desear nada? ¿Y qué me dices de la impresora a color de la que te la pasas hablando?

—Eso no se refiere a mercancías.

Claire oyó que algo crujía.

—¡Ay! —exclamó Layne—. Creo que esta palomita de maíz acaba de romperme un diente.

En eso, Claire oyó de nuevo la campanita.

MASSIENENA: DSESPRADA

—¿Estás bien?—. Claire trató de concentrarse en su conversación con Layne, pero era obvio que Massie estaba decidida a conseguir su atención. Massie estaba prendiendo y apagando la lámpara de su escritorio tan rápidamente que parecía que en su cuarto había una tormenta eléctrica.

—Layne, ¿me esperas un momento?

Teléfono en mano, Claire se deslizó de la resbaladiza silla de cuero al piso. Si iba a seguir ignorando las llamadas de auxilio de Massie, tendría que buscar refugio. No podía creer que se estaba escondiendo de Massie en su propia casa. Era *más* que penoso.

Claire pasó la mano por la parte inferior del marco de la ventana hasta encontrar los botones de las pesadas cortinas de color beige. Con el dedo índice y el mayor, las jaló con fuerza hasta cerrarlas por completo.

—Ya regresé, perdón—. Claire se asomó por debajo del escritorio a mirar los cuatro gruesos postes de su cama. Parecían salidos de un castillo medieval. Un camino de mesa de encaje sobre el tocador de madera oscura le parecía digno de la casa de una anciana. Todos los muebles de su cuarto se veían deslucidos y poco acogedores, como si prefirieran estar en cualquier otro lugar. Extrañaba la decoración moderna y alegre de su cuarto en la Florida, y tomó nota mentalmente para preguntarle a su mamá si podía quitar las fotos amarillentas de los parientes difuntos de los Block, y así poder colgar algunas de sus propias fotos.

—Yo sí quiero tener novio —dijo Claire suspirando—. Quizá así mi vida no sería tan patética.

—No puedes esperar a que alguien más te haga feliz —dijo Layne. Luego comenzó un discurso sobre los chicos y los muchos problemas que traen, pero Claire estaba muy distraída para prestarle atención. Alguien que llevaba un par de botas negras y puntiagudas estaba frente a su escritorio, dando golpecitos con el pie. Claire sintió que el corazón le latía con fuerza.

—Layne, tengo que acabar mi tarea de diseño de moda. Te veo mañana en la escuela —dijo Claire y jaló el cordón del teléfono hasta que la base se cayó del escritorio al piso. Volvió a jalar hasta poder colgar rápidamente el teléfono.

—¿Por qué me estabas evitando?

Claire se asomó para ver a Massie, que estaba de pie con las manos en la cadera, masticando un chicle.

—No tengo idea de qué hablas. Llevo diez minutos aquí agachada buscando mi arete.

—¿Cuándo te hicieron agujeritos en las orejas? ¿Después de cenar?

—¿Es por lo de la apuesta? —preguntó Claire—. ¿Estás enojada?

—No, me encantan los retos. Ya, levántate.

Claire tomó la mano que le ofrecía Massie. El dije en forma de coronita de la pulsera de Massie se le clavó a Claire en la palma de la mano, pero no se atrevió a protestar.

Cuando estuvieron frente a frente, Massie retomó la palabra.

—Claire —dijo con una voz increíblemente dulce—. ¿Recuerdas que hace unas semanas dijiste que querías que tus papás te dejaran tener un celular?

—Sí…

—Bueno, pues yo sé cómo puedes conseguirlo —dijo dando vueltas por el cuarto—. De ahora en adelante, todo lo que tenemos que hacer es actuar como si fuéramos las mejores amigas del mundo, y nuestras mamás nos van a dar todo lo que queramos.

—¿De qué hablas? —preguntó Claire.

—Las oí sin querer, hablando de lo mucho que quieren que nos llevemos bien, así que démosles gusto, y así conseguiremos lo que *nosotras* queremos —dijo Massie con una sonrisa de orgullo.

—Pero, ¿cómo?

—Mira, tú quieres tu celular y yo quiero una fiesta de Halloween de parejas. Tú sígueme y verás cómo caen en nuestra red.

Claire consideró las opciones. Si aceptaba, Massie le quedaría agradecida, lo cual podría llevar a una nueva amistad.

Y también conseguiría un celular, lo cual definitivamente le ayudaría a encajar en la escuela. Y, por último, tendría oportunidad de conocer a algunos chicos de Briarwood en la fiesta y de encontrar alguno que le gustara. Sus días de "Chica Depre" quedarían en el pasado, para siempre.

—Está bien —dijo Claire—. Hagámoslo.

—Deja de actuar como si hubieras visto a un fantasma —dijo Massie, quitándole la mano de la boca para acabar con el irritante sonido que hacía al morderse las uñas—. Parece que nunca les hubieras mentido a tus papás.

Claire estaba a punto de responder, pero la mano de Massie se lo impidió.

—Shhh.

Estaban pegadas contra la pared tapizada con un estampado de leopardo, justo afuera de la sala, esperando el momento oportuno para interrumpir la conversación de sus papás.

—¿Y qué tal *The Producers?* —le preguntó Kendra a su esposo—. Esa obra sí te gustó.

—No, querida, lo que dije es que no la *detestaba.*

—Pues yo sí —dijo Jay.

—Tú detestas cualquier cosa que no suceda en una cancha de fútbol —dijo Judi.

Massie miró a Claire e hizo una mueca de hastío. Le parecía inexplicable que sus papás hablaran de cosas tan aburridas.

—Muy bien, entremos —dijo Massie—. Recuerda, aunque yo diga cosas que no entiendas, tú sígueme la corriente —luego tomó a Claire del codo y la empujó para que entrara.

—¡Hola a todos! —dijo Massie apretándole el brazo a Claire.

—¿Qué tal? —dijo Claire justo a tiempo.

Massie respiró hondo. El familiar olor de café y de leños ardiendo llenaba la sala; Massie se relajó de inmediato. En esa sala había manejado miles de veces a sus papás.

—Claire y yo solamente queríamos desearle otra vez feliz cumpleaños a mi papá, antes de irnos a dormir —dijo Massie.

—Claro, feliz cumpleaños, William —la siguió Claire con voz temblorosa y sonrisa forzada.

—¿Tú les preguntas? —Massie se volteó hacia Claire. Sabía que Claire no tenía ni idea de lo que estaba diciendo, y continuó esperando que le siguiera el juego.

—No, mejor tú, que eres tan buena para eso —dijo Claire.

—Gracias —Massie la miró con una sonrisa humilde y ojos de cachorrito, para que sus papás creyeran que se tenían un gran respeto y cariño.

—Mamá, papá, Judi, Jay —se dirigió a su público—, Claire y yo estábamos platicando antes de irnos a dormir, cosa que hemos estado haciendo *muuuuucho* últimamente… —hizo una pausa para mayor efecto.

Claire asintió.

Massie continuó: —Estábamos pensando en que quizá podríamos hacer una fiesta de Halloween en casa este año.

Massie volteó primero a ver cómo reaccionaba su mamá, porque era la única que importaba. Kendra llevaba la batuta en todo lo relacionado con la casa, la escuela (antes, durante y después de clases), el dinero para gastar, las piyamadas, los castigos y la comida. Su papá sólo entraba en acción cuando se trataba de las calificaciones, la hora de regresar a casa y el volumen de la música.

En ese momento, Kendra estaba a punto de beber de una delicada taza blanca con borde dorado; pero la puso en la mesa al oír a su hija. El tintineo de la porcelana era lo único que se escuchaba en la sala. Massie no soportaba el silencio y se apresuró a llenarlo.

—Por supuesto, nos quedaríamos en el jardín para no ensuciar la casa —agregó rápidamente—. ¡Ah!, y a Claire se le ocurrió una gran idea. Tienen que escucharla.

Massie sabía que para sus papás era muy importante pensar que Claire y ella habían pasado horas hablando del asunto y que no darles permiso para la fiesta iba a ser como rechazar sus primeros pasos hacia una verdadera amistad.

—Adelante, diles —dijo Massie.

Claire la miró fijamente y dijo entre dientes: —¿Quéééé?

—Bueno... ¡Qué modesta eres! —dijo Massie poniéndole el brazo en los hombros—. Es que Claire pensó que sería bueno también invitar a algunos chicos a la fiesta. Ya saben, sería sólo para equilibrar el ambiente y para que haya algunos disfraces interesantes.

Massie le apretó el hombro a Claire para recordarle que debía seguirle el juego, y Claire le pasó la mano por la espalda para asegurarle que así lo haría.

—Claire, ¿eso se te ocurrió a *ti*? —preguntó Judi agradablemente sorprendida.

—Parece que nuestra leoncita ya es toda una cazadora —dijo Jay, con una carcajada.

—No te burles —Judi le dio una juguetona palmada en el brazo a su marido—. A mí me parece perfectamente normal que nuestra hija esté lista para relacionarse con chicos.

Massie podía sentir a Claire retorciéndose bajo su brazo.

—Entonces, mami, ¿puedo hacerla? —preguntó Massie.

—¿Hacer qué?

—¿La fiesta?

—¿Hacerla, *tú?* —Kendra miró a Massie, luego a Claire, y de nuevo a su hija.

A Massie se le secó la boca y sintió una ola de calor y comezón en la nuca.

"¿Cómo pude cometer ese estúpido error?"

—Pensé que las dos iban a ser anfitrionas —Kendra dio golpecitos en la taza con sus uñas de punta de acrílico pintadas de rojo sangre.

—Especialmente porque fue idea de *Claire* lo de invitar a los chicos —dijo Judi, buscando algo en la bandeja de los postres sobre la mesita del café. Tomó un biscotte, lo partió y se metió un trozo en la boca.

—Por supuesto que las dos seremos anfitrionas —dijo Massie—. Ya empezamos a hacer la lista de invitados.

—Espero que Todd esté incluido, Claire —dijo Jay.

—Por supuesto —Claire metió las manos en los bolsillos laterales del pantalón.

—¿A cuántas chicas del grado piensan invitar? —le preguntó Kendra a su hija.

Massie hizo una pausa. Si decía "todas", su mamá podía preocuparse por el ruido y el desorden. Pero si decía "casi todas", se iba a enojar por las que excluían.

—A todas —dijo Massie pensando que, con respecto a su mamá, siempre era mejor ser incluyente. Contuvo la respiración mientras esperaba su reacción.

—Pues vamos a consultarlo esta noche con la almohada —contestó Kendra.

Massie dio unos golpecitos con el pie en el piso y se puso las manos en la cadera.

—Es que necesito saber —Massie sintió que Claire le daba un golpecito en la pantorrilla—, digo, *necesitamos* saber hoy —corrigió—. Es que falta sólo una semana para Halloween y queremos que Landon Dorsey la organice.

—¿Quién? —se le escapó a Claire.

—Es la mejor organizadora de fiestas de todo el código telefónico 914. No hay *nada* que esa mujer no pueda lograr —dijo Massie.

Kendra miró a las dos chicas por última vez y suspiró.

—Por mí, está bien, si ustedes están de acuerdo también —les dijo a los otros tres adultos.

—Pídele a Landon que me llame para darme el presupuesto —dijo William.

—Gracias, papi —Massie corrió a abrazar a su papá y le plantó un gran beso en la calva.

—¿Y el celular? —le susurró Claire a Massie.

—¿Qué dices? —preguntó Massie, muy ocupada en masajearle los hombros a su papá.

—Dijiste que me ibas a ayudar a coseguir un celular.

Massie empezó a darle a William golpecitos como de karate en la espalda.

—Corazón —le dijo Jay a Claire—, ya conoces la regla: nada de celulares hasta que cumplas los dieciséis.

—Ya lo sé —Claire se fijó en sus esponjadas pantuflas color rosa.

—Bueno, pues, hasta mañana —dijo Massie a punto de explotar de alegría.

Les dio a sus papás el beso de las buenas noches y se fue a su cuarto.

Claire corrió a alcanzarla.

Todd estaba sentado en el piso de madera afuera de la sala jugando con su *Game Boy*, con el silenciador puesto para poder escuchar a escondidas.

—Oye, Massie, ¿qué tal si para la fiesta yo me disfrazo de estrella de rock y tú de mi ardiente admiradora?

—Oye, Todd —dijo Massie—, ¿qué tal si te disfrazas de mapache a orillas de la carretera y yo de camionera a toda velocidad?

—¿En serio? —preguntó Todd—. Me encanta la idea.

Massie lo ignoró y se dirigió a la escalera, cuando se dio cuenta de que Claire la había seguido hasta su cuarto.

—¡No puedo creer que me hayas engañado! —gritó Claire—. Creí que habíamos hecho un trato.

—¡Pues TRATA de entender, y si no puedes, lo siento! —gritó Massie.

—¡Qué buena respuesta! —exclamó Todd, dando una palmada en sus descoloridos jeans—. ¿Quién quiere preparar refrescos con helados?

Como respuesta sólo se escucharon fuertes suspiros, sonoros zapateos y puertas al ser azotadas.

La destartalada carreta de la Huerta Hardapple trastabillaba al rodar sobre los montones de paja y estiércol de caballo que cubrían el camino. Todo el grupo de séptimo grado trataba de evitar que se les derramara el chocolate caliente sobre los cobertores de lana áspera que les cubrían las piernas. Massie miraba los manzanos al pasar, pensando en cómo vengarse de Becca Wilder.

Era la segunda excursión del año y, pese al aire helado y al accidentado viaje, todo marchaba mucho mejor que en el primero.

—Oye, Kristen —gritó Britton Daniels desde la parte trasera de la carreta—, ¿no vas a vender maquillaje dañino en *este* viaje, verdad?

Britton y sus amigas de lista "B" se rieron.

Massie vio cómo se le tensaban a Kristen los músculos de la mandíbula.

—No dejes que te afecte —le dijo Massie—. ¿Cómo ibas tú a saber que el brillo de labios le hincharía la boca a varias chicas?

—Claro —dijo Dylan Marvil, enredándose un mechón largo de cabello rojizo en el índice—, no es *tu* culpa que tuvieran que llevarlas al hospital.

—Dylan tiene razón —los lindos ojos almendrados de Alicia se veían color ámbar a la luz del sol—. La culpa es de ellas por tener la piel muy sensible.

Pese a las palabras de apoyo de sus mejores amigas, Kristen se resistía a olvidar el asunto.

—Oye, Medusa —contestó con la peor intención—, en este viaje mejor te voy a vender algo de mi nueva línea de herramientas. Quizá una sierra eléctrica logre peinar esa trampa para piojos que tienes en la cabeza.

Britton se pasó la mano por la nuca, y Massie, Alicia y Dylan se rieron hasta el cansancio.

—Ya basta, chicas —dijo Heidi, la profesora de ciencias, avanzando hacia Kristen apoyándose en las estudiantes.

Cuando finalmente llegó hasta ella, le puso la mano en el hombro y continuó con la clase.

—En unos momentos llegaremos al cultivo de calabazas. En la antigua Grecia se las llamaba *pepons*, que en griego quiere decir "melón grande" —el movimiento de la carreta le hacía temblar la voz.

—Pues qué buen par de *pepons* tienes, Alicia —le dijo Massie al oído.

Alicia era muy susceptible a los comentarios acerca de sus voluminosos pechos. Massie lo sabía, pero no iba a desperdiciar la oportunidad de hacerle una buena broma.

Alicia respondió dándole un fuerte codazo.

Dylan se rió con ganas, pero fueron las carcajadas de Kristen las que llamaron la atención de la maestra.

—Otra interrupción y no vas a participar en la recolección de calabazas —le dijo Heidi a Kristen.

Kristen se levantó el cuello de tortuga del suéter para que no la vieran ruborizarse.

La carreta tirada por caballos llegó a un enorme cultivo de calabazas, y Randy, el granjero, jaló las riendas hasta que se detuvo por completo. Heidi comenzó a explicar que el brillante color anaranjado de las calabazas se debe al betacaroteno, pero las chicas habían dejado de hacerle caso. Casi todas estaban muy ocupadas tratando de descubrir las mejores calabazas antes de bajar.

—Alguien debería decirle a esas mediocridades que pueden comprar calabazas por veinte dólares en cualquier esquina de Westchester —dijo Massie.

—¡No! Eso echaría a perderles la diversión —dijo Alicia, con la mano en el corazón y sacudiendo la cabeza para demostrar cuánto compadecía a sus ingenuas compañeras.

En el preciso momento en que Heidi abrió la puerta de la carreta, las "mediocridades" salieron disparadas. Claire y Layne se tomaron de la mano y se rieron como locas mientras corrían lo más rápido que sus botas de escalador con puntera metálica se lo permitían, que no era mucho. Las amigas de Layne, Meena y Heather, iban junto a ellas.

Massie, Alicia, Dylan y Kristen se quedaron atrás. No tenían el menor interés en calabazas, recolección o tierras de cultivo.

—¿Saben qué vamos a hacer este año en Halloween? —preguntó Massie.

—A ver, déjame adivinar —dijo Dylan—. ¿Hacer "truco o trato", comer golosinas por toneladas, aumentar cinco libras y luego tomar puras malteadas de Slim Fast durante una semana?

—No —dijo Massie—. Este año vamos a hacer algo completamente diferente.

—¡Oh! —Alicia se detuvo en seco y volteó hasta quedar frente a Massie. Kristen y Dylan también se detuvieron, pero sin saber muy bien por qué.

—¿Vas a ganarle a Becca con eso de la fiesta de chicos y chicas, verdad? —preguntó Alicia.

Massie asintió con una media sonrisa pícara.

Dylan y Kristen saltaron de emoción, y en un momento las cuatro ya estaban dando brincos abrazadas, riéndose y gritando.

—Me muero por ver la expresión de Becca cuando se entere —dijo Dylan.

—¿Por qué esperar más, entonces? —dijo Massie—. Vamos a decírselo ahora mismo.

Becca y Liz estaban muy cerca. Las dos atléticas gimnastas estaban rodeadas de un grupo de chicas, que las animaban a levantar una gigantesca calabaza del suelo.

Becca llevaba, como siempre, una de sus femeninas blusas de chifón, que siempre se veían fuera de lugar en su robusto cuerpo. Su cabello rubio ceniza le llegaba a los hombros y le caía como baba, sin vida, a ambos lados del rostro ovalado. Massie y el resto de las "Cuatro Fantásticas" coincidían en que, de no ser por sus penetrantes ojos azules, nadie voltearía a verla.

Liz era una versión en miniatura de Becca, sin los ojos azules. Los suyos eran de un castaño apagado. La gente se fijaba en ella más bien por el tono anaranjado de la piel, que se debía a su adicción al bronceado con atomizador.

—No distingo dónde acaba esa calabaza y dónde empieza Liz —dijo Massie.

Alicia, Dylan y Kristen iban riéndose, mientras caminaban de puntillas hacia su objetivo para evitar que los finos tacones de sus botas se enterraran en el lodo.

—¡Oye, Becca! —gritó Massie.

—¡Oye!… —Becca se quitó la gorra Kangol y se esponjó el cabello—. ¿Vienen a ver mi calabaza? Es tan enorme que Randy, el granjero, fue por una carretilla para poder subirla a la carreta.

—No, vine a hablarte sobre el sentido de la vida —dijo Massie, y sus tres amigas se rieron de nuevo.

—¿De qué hablas? —preguntó Liz—. Nadie conoce el sentido de la vida.

—Massie, sí —Alicia se sentó en la calabaza de Becca y comenzó a mecer una pierna, clavándole cada vez más el tacón de la bota en la cáscara.

—¿Qué haces? —chilló Becca—. ¡Quítate de ahí!

—Pero si ni siquiera la estoy tocando.

Las chicas que habían estado mirando cómo Becca y Liz trataban de levantar la calabaza dieron unos pasos atrás. No querían entrometerse en el asunto.

—Entonces, ¿cuál es el sentido de la vida? —preguntó Liz.

—Voy a hacer una fiesta de parejas en Halloween —contestó Massie.

—¡No! —chilló Becca dando una patada en el suelo—. No puedes hacer eso; no es justo. Ésa era *mi* idea.

—¡ASÍ ES LA VIDA! —gritaron las "Cuatro Fantásticas", al tiempo que chocaban las palmas en alto.

Las acompañantes de Becca y Liz, que se habían echo a un lado, se rieron tapándose la boca con la mano.

Becca estaba estupefacta.

—Haz algo —le dijo Liz al oído.

Pero antes de que Becca pudiera hacer algo, se oyó un ruidoso *pop*. Becca volteó a ver de dónde provenía.

—¡Oh!, perdón —dijo Alicia, abriendo sus ya grandes ojos castaños para fingir sorpresa. Se bajó de un salto y señaló su bota Jimmy Choo clavada en la calabaza.

Alicia se paró en un pie y jaló el talón de la bota, mientras Kristen y Dylan sujetaban la calabaza para que no rodara.

—¡No es posible que hayas hecho eso! —a Becca le temblaba el labio inferior y apenas podía contener las lágrimas.

Las chicas que contemplaban la escena volvieron a reírse.

—Hay que decírselo a Heidi —dijo Liz.

—No, ni se te ocurra —dijo Becca tomando a Liz del brazo. Sabía que no le convenía acusar a Alicia.

—¡Por fin! —Alicia logró sacar la bota, le quitó la pulpa anaranjada y la embarró en la calabaza.

—¿De veras vas a hacer una fiesta de parejas en Halloween? —preguntó Becca.

—Oye, Becca —interrumpió Liz—, quizá la de ella no va a ser el 31 —dijo, creyendo haber hecho todo un hallazgo.

Pero incluso Becca hizo una mueca de disgusto al oírla.

—Pues a menos que la fecha de Halloween haya cambiado oficialmente, mi fiesta es el 31 —dijo Massie—. Y puesto que tú crees que yo voy, comillas, *de salida,* se cierran comillas, y que, se abren comillas, *las cosas se me están yendo de las manos,* se cierran comillas, no cuentes con una invitación.

Massie, Alicia, Dylan y Kristen voltearon y se alejaron dejando tras de sí a dos chicas a punto de llorar, a sus amigas boquiabiertas y una calabaza arruinada.

—¡Miren, chicas! —gritó Heidi a dos hileras de distancia,

señalando muy emocionada una pila de *pepons* miniatura, como si *eso* fuera a inspirarlas a participar en la actividad.

—Háganse las sordas —les dijo Massie, y las cuatro ignoraron a la maestra y cambiaron de rumbo.

—Bueno, ¿y cómo es exactamente una fiesta de parejas? —preguntó Dylan, tratando de sonar interesada y no nerviosa, aunque Massie lo notó de todos modos.

—Pues una gran sesión de besos —dijo Massie—. Sólo que en mi fiesta todos van a ir disfrazados, así que ni siquiera sabremos a quién estamos besando.

—¿En serio? —preguntó Kristen.

—No seas tonta —contestó Massie—. Estoy bromeando.

—Bueno, en realidad, sí *es* así —Alicia se echó hacia atrás el largo cabello oscuro.

—¿Qué? —preguntaron las otras tres al mismo tiempo.

—Este verano fui a una fiesta de parejas en casa de mi prima, en España, y jugamos a "besar o ser besada" como por cinco horas —Alicia se encogió de hombros y se plantó frente a ellas con un gesto de completa seguridad. Las tres la miraron, estupefactas.

—No me digan que nunca han jugado a eso.

—¿Nos vas a decir cómo es o qué? —dijo Massie. Le desagradaba profundamente que una de sus amigas supiera más que ella de cualquier cosa.

—Básicamente, cuando es tu turno, tienes que escoger a alguien para besarlo. Si no lo haces, la persona junto a ti decide a quién besas —Alicia hizo una pausa—. Yo besé a tantos chicos que al final ya me había acabado todo un tubo de brillo de labios.

Massie no supo ni qué responder. De pronto sintió que su mejor amiga era una completa extraña.

—Pues no estoy segura de que mi mamá vaya a aprobar eso, pero podemos intentarlo —dijo Massie. Por primera vez en su vida quiso que su mamá estuviera ahí para entrometerse en la conversación.

Massie se dio cuenta de que Kristen y Dylan se habían quedado mirándola, tratando de leer su expresión. No quería que notaran que también le estaba entrando pánico, así que fue hacia la calabaza más cercana y le dio un puntapié.

—Ésta todavía está muy verde —dijo, sin dirigirse a ninguna en particular.

—Yo propongo que nos pongamos disfraces atrevidos —sugirió Alicia.

—Me parece muy bien —Dylan dio vueltas para demostrar su nueva y esbelta figura, con el largo cabello rojizo y ondulado azotándole el rostro—. Apenas van siete días y ya perdí cinco libras con la dieta South Beach. Me voy a ver como una supermodelo para Halloween.

—Yo necesito un disfraz muy discreto para la fiesta; si no, mis papás no me van a dejar salir de casa —dijo Kristen.

Alicia se dio vuelta y la miró fijamente con sus grandes ojos castaños.

—¿Por qué no la convertimos en una fiesta de "Sé tú misma", y así puedes ir disfrazada de monja?

—¿Y eso significa que tú irías de zorra o de chica mala? —contestó de inmediato Kristen.

—Las dos cosas —dijo Alicia, con una sonrisa pícara.

—Que mis papás sean unos anticuados no significa que yo

también lo sea. Además, quiero verme bien guapa por si va Derrick Harrington —y se enrojeció al mencionar el nombre del chico—. Sí lo vas a invitar, ¿verdad, Mass?

—Claro.

—¿Y desde cuándo te gusta Derrick Harrington? —preguntó Dylan, sentándose sobre una gran calabaza con las piernas cruzadas.

—Pues… sentí el flechazo hace unas cuantas semanas —dijo Kristen—. Desde la subasta a beneficio de la OCD.

La subasta anual de gala se celebraba en casa de Massie cada septiembre. Se hacía para recaudar fondos para becas de la escuela; pero, sobre todo, era una oportunidad para coquetear con chicos. Esa noche a Massie le había empezado a gustar Cam Fisher, aunque no se lo dijo a nadie. El chico era parte de la lista "A" en Briarwood, y todos sabían que era un gran goleador. Pero Massie estaba más impresionada porque se sabía la letra de todas las canciones que bailaron. Esa noche Massie decidió no decirle a sus amigas lo del flechazo, hasta no estar absolutamente segura de que ella también le gustaba a Cam. Esperaba que la fiesta de Halloween le diera las respuestas que estaba buscando.

—Massie, yo te conté que me gustaba Derrick Harrington, ¿recuerdas? —preguntó Kristen.

—No es cierto —Dylan hizo una mueca de hastío—. Yo le conté a Massie que él me gustaba, primero que tú.

—No, me contaste a *mí* —dijo Alicia.

—¡Oh!, ¿y no se lo dijiste a Kristen? No puede ser —respondió Dylan.

—No necesitaba los puntos esa semana. Ya tenía veinte.

—De todos modos, creí que era obvio. Digo, bailamos *toda* la noche.

—Sí, pero dijiste que se movía como si lo estuvieran electrocutando —dijo Kristen.

—Bueno, tú dijiste que era muy bajito para ti y que su único tema era el fútbol —replicó Dylan.

—Y eso está perfecto porque a mí ME ENCANTA EL FÚTBOL —dijo Kristen.

—Por qué no dejan que Derrington decida cual de las dos le gusta —dijo Massie, felicitándose por haberle encontrado un nuevo nombre al chico. "Derrington" sonaba a personaje de telenovela, y era lo más apropiado en vista del drama que vivían sus amigas.

—Está bien —dijeron Kristen y Dylan al mismo tiempo.

—Aunque ninguna de las dos sabría qué hacer si se quedaran con él —dijo Alicia para molestarlas.

Ambas le reprocharon por haber dicho eso, y luego siguieron discutiendo entre sí.

—Bueno, ¿podemos dejar de pelear y empezar a hablar de nuestros disfraces? —Massie detestaba que sus amigas se pelearan. La sola idea de que el grupo se separara la dejaba petrificada. No sólo se volvería aburrida la escuela si no pudiera estar con ellas, sino que entonces Becca tendría razón: a Massie se le estarían yendo las cosas de las manos. Sus amigas eran su fuerza, y sin ellas tres se sentía un poco perdida.

Heidi tocó su silbato para anunciar que era hora de regresar a la carreta.

Massie, Kristen y Alicia tomaron las primeras calabazas que encontraron, y Dylan eligió un calabacín de cáscara rugosa.

Las chicas se rieron con ganas de la elección de último minuto de Dylan, y por un momento dio la impresión de que se habían olvidado de la pelea.

Subieron a la carreta y se ubicaron en los asientos de la parte trasera.

—Estuve pensándolo mucho anoche y creo que debemos ser "diablillas atrevidas", así se juntan las dos cosas que queremos —dijo Massie.

—¡Qué buena idea! —dijo Dylan y se metió cuatro chicles en la boca al mismo tiempo. Massie sabía que eso significaba que seguía molesta.

—Sí, me encanta —agregó Alicia.

—Pero, exactamente, ¿qué nos vamos a poner? —preguntó Kristen.

—Bueno, por el lado atrevido nos pondremos camisetas bien ajustadas y rasgadas, para que parezca que estuvimos en alguna guerra de tridentes, y microfaldas rojas con shorts negros de Calvin debajo —dijo Massie—. Y para ser diablillas, nos pondremos colas y cuernos.

—Y hay que escribir mensajes en el trasero de los shorts para que todos los lean —dijo Alicia.

—Sí, con pintura brillante —agregó Dylan.

—Yo iba a decir eso —protestó Kristen.

Dylan hizo una mueca de molestia.

Cuando Randy, el granjero, llegó al estacionamiento, Dylan se inclinó sobre Massie y Alicia y echó su calabacín en el regazo de Kristen.

—Ya que quieres *todo* lo mío, de una vez te puedes quedar con esto —le dijo.

—Luego no te quejes —dijo Kristen, y agarró el calabacín y lo metió en su bolso.

ESTADO ACTUAL DEL REINO

IN	OUT
MASSIE BLOCK	BECCA WILDER/LIZ GOLDMAN
PELEARSE POR LOS CHICOS	PELEARSE POR JUGUETES
CALABACINES	CALABAZAS

Layne se inclinó en el asiento trasero del Lexus de sus papás, y le susurró algo a Claire al oído.

—No puedo creer que vayan a invitar a *chicos* a la fiesta.

—¿Por qué hablas tan bajito? —le preguntó Claire.

Layne señaló a su mamá, que era quien conducía.

—Si oye que estamos saliendo con chicos, va a empezar a preguntarnos quién nos gusta, y me voy a morir de vergüenza —dijo Layne—. Yo sé lo que te digo.

—¿Y es nada más por *eso* que no quieres que vayan a la fiesta? —le preguntó Claire.

—No, sólo creo que la fiesta ya no va a ser tan divertida. Eso es todo.

Claire se puso a mirar por la ventanilla. Estaban en pleno otoño y los árboles estaban casi desnudos, con apenas unas pocas hojas rojas y amarillas en las ramas. En Orlando, Claire nunca había sentido las estaciones tan vivamente, y esperaba que la caída de las hojas trajera cambios, muy necesarios, en su vida social.

Después de un corto silencio, Claire volteó a ver a Layne.

—Todas van a tratar de impresionar a los chicos, y no van a ser ellas mismas —dijo Layne.

—Creo que los chicos van a hacer que la fiesta sea mejor

—dijo Claire—. Mi escuela anterior era mixta y todo parecía más fácil que en la OCD. Por ejemplo, los chicos no se pelean tanto como las chicas y hablan de muchas más cosas, no sólo de ropa.

—Yo creo que esta fiesta es un pretexto para que Massie y sus amigas se luzcan. ¿Cuánto quieres apostar a que se van a disfrazar de gatas o de conejitas de *Playboy* o de mucamas francesas, nada más que para verse atrevidas?

Claire se volvió por entero hacia Layne. —¿Alguna vez has ido a una escuela con chicos? —preguntó.

Layne se inclinó sobre el asiento del conductor y apoyó la barbilla en el brazo de su mamá.

—Ma, ¿en mi guardería había niños?

—Sí —contestó—. Pero ya quita la cabeza de aquí, si no quieres que tengamos un accidente.

Layne suspiró y se dejó caer de nuevo en su asiento.

—¿Ves? —dijo Claire—. No tienes experiencia, por eso te da miedo.

—¿Y qué *experiencia* tienes tú? —contestó Layne en voz baja—. ¿Ya saliste con alguno, acaso?

—¿Quién necesita salir con chicos? —le respondió Claire al oído—. Salir al recreo tres veces al día con chicos puede enseñarle muchas cosas a una chica.

Al fin Claire podía decir que había hecho algo que nadie más en la OCD había hecho, aunque no fuera más que jugar a la roña en el recreo o que le jalaran el cabello en la clase. Así que estaba decidida a sacarle todo el jugo posible a su supuesta "experiencia".

La señora Abeley estacionó el auto en la entrada circular de la mansión de los Block.

—Gracias por traerme, señora Abeley —Claire le guiñó el ojo a Layne antes de bajar—. Te llamo al rato —dijo en voz baja.

Claire tuvo el mayor cuidado al cerrar la puerta del auto. Una de las muchas lecciones que había aprendido de la élite de Westchester era que, por ningún motivo, había que azotarla. Al parecer era un crimen tremendo, tan terrible como dar un puntapié a un cachorrito.

Judi Lyons llegó justo después. Bajó la ventana y también la música de Kelly Clarkson, que traía a todo volumen.

—Claire, ¿me ayudas a bajar las compras?

Claire miró alejarse el lujoso auto de los Abeley y se volvió hacia su mamá.

—¿Cuándo se van a comprar ustedes un auto *de verdad?* —preguntó—. ¿No están hartos de andar en este feo Taurus rentado?

—¿Desde cuándo te interesan los autos? —Judi miró a su hija con cierta sospecha y le pasó dos bolsas con las compras.

—Me da curiosidad, nada más. Creo que tú y papá se merecen algo *mejor.*

Claire se detuvo y bajó un poco las bolsas para agarrarlas mejor y balancear el peso.

—¿Mejor que un Taurus? —dijo Judi—. ¿Para qué malgastar el dinero? Este carro es ideal para nosotros. Y yo creía que sí te gustaba.

—Pues sí, mamá —dijo Claire—. Sólo creo que ya es hora de cambiar.

—Bueno, cuando *tú* puedas costearte algo mejor, me avisas —dijo Judi.

Claire estaba tan avergonzada que no contestó, y deseó no haber hablado del asunto.

Llevaron las bolsas a la cocina y las dejaron sobre la mesa de formica blanca del desayunador.

—Gracias por ayudarme, hija. Yo guardo las cosas —dijo Judi—. ¿No tienes una reunión para planear la fiesta?

—Sí, pero es a las cuatro —dijo Claire—. Todavía me quedan quince minutos.

Después de atragantarse con dos tazones de Cap'n Crunch, Claire salió rumbo a la casa principal. Según su reloj Baby G Shock rosa, llegaría con cinco minutos de anticipación. Tocó el timbre tres veces con la esperanza de hablar unos minutos con Massie sobre los disfraces, antes de que Landon llegara.

—Claire, qué bueno que por fin llegas —dijo Kendra, tomando el abrigo de Claire—. Massie y Landon te están esperando en el solárium.

El pasillo de la entrada se sentía tibio y acogedor en comparación con el aire frío de octubre, y Claire sintió un hormigueo en las mejillas a medida que se le calentaban. El aroma de Día de Acción de Gracias que llenaba la casa venía de la cocina, donde Inez estaba preparando la cena: pollo frito crujiente, papas al horno, tarta de nuez y yogur helado para Massie. Claire se quitó los tenis y entró al "invernadero". Tres de las paredes eran de vidrio y daban al patio trasero, pero en vez de estar lleno de plantas y flores, había una mesa de billar y un bar bien surtido.

—Massie, ¿conoces la palabra *yux-ta-po-si-ción?* —oyó Claire que preguntaba una voz de mujer. Pronunciaba cada sílaba, casi cada letra, como si afilara las palabras con una navaja antes de decirlas—. Porque eso es lo que estoy buscando aquí. En el instante en que colocas dos cosas opuestas, una junto a la otra, o sea, que las yux-ta-po-nes, se hace la magia. Por eso pienso que el tema de tu fiesta debe ser…

Y su frase se interrumpió bruscamente cuando Claire entró en el solárium.

—¡Oh!, ¿ya empezaron? —preguntó Claire—. Apenas acaban de dar las cuatro.

—Hablando de opuestos —dijo Landon con voz maligna. Alzó sus lentes de grueso armazón negro y examinó el atuendo de Claire.

—Dije a las tres y cuarenta y cinco —aclaró Massie—. Pero no te preocupes, ya la puse al tanto.

Claire suspiró y buscó en el bolsillo trasero de su viejo pantalón caqui. Nunca se habría puesto ese pantalón tan ajustado si no fuera por la apuesta con Massie. Cada vez que se lo bajaba para ir al baño veía la marca del elástico en la cintura. Por supuesto, el conjunto que Massie llevaba era perfecto: mallas negras, una mini plisada de mezclilla y un suéter de cuello chimenea de cachemir.

"Todavía faltan veintinueve días", pensó Claire.

—En esta nota que me dejaste anoche dice que la cita es a las cuatro en punto —dijo Claire sacando un papelito doblado y mostrándoselo a Massie.

Massie se encogió de hombros.

—Bueno, quita esa cara de sorpresa y acércate —dijo Landon—. Ya vienes retrasada de por sí —y dio unas palmadas en la banca tipo bar a su lado.

Claire se sentó. Landon se alisó el cabello con una mano

embellecida por la manicura, como asegurándose de que la interrupción no le hubiera despeinado el moño.

—Como te decía, el tema perfecto para tu fiesta es "Cuando el infierno se congela" —dio un aplauso y juntó las manos en alto como si rezara, esperando la reacción de las chicas. Solamente logró miradas de desconcierto.

—Ya saben, como una mezcla de hielo y fuego —propuso Landon.

—Me encanta —dijo Massie—. ¿Podemos construir una pista de hielo?

—Podemos hacer lo que tú quieras —Landon movió el punzón de su PalmPilot en forma de espada y comenzó a dar golpecitos en la pantalla del aparato, para anotar sus ideas de último minuto.

—Necesito quince atriles, veinte calaveras, siete meseras con disfraz satánico, maniquíes... de preferencia de espuma plástica, un animador para la música y por lo menos cinco tridentes para cada fogata, y les vamos a poner un nombre... Mmm, ¿cómo las llamaremos?

Landon se dio un golpecito en la barbilla con el punzón. —Ya sé... "Las fosas de la desesperación". ¡Genial! —en eso levantó la mirada y vio que las chicas se habían quedado mirándola.

—Bueno —dijo, y apagó su organizador—, creo que puedo acabar esto en la oficina.

Claire suspiró aliviada.

—¡Ah!, otra cosa —Landon sacó una caja de su bolsa—. Traje invitaciones. Si no les gustan los gatos diabólicos, traigo fantasmas en el auto.

—Está bien, los gatos me gustan —Massie tomó la caja—.

Los fantasmas son para niñitos —agregó.

—Perfecto —dijo Landon.

—¿Va a haber golosinas, verdad? —preguntó Claire. No le interesaban las meseras, ni las fogatas, ni los gatos diabólicos. Lo único que quería en la fiesta era chicos y dulces.

—¿Qué dijiste? —Landon se volvió lentamente hasta quedar frente a Claire.

—Sólo preguntaba si va a haber dulces —dijo Claire.

—No le hagas caso —le dijo Massie a Landon—. Nunca ha asistido a fiestas como ésta.

Landon sacó una tarjeta dorada de una cajita y se la puso en la mano a Claire.

—¿Qué dice debajo del nombre Landon Dorsey? —preguntó.

Claire miró a Massie, pero ésta se encogió de hombros.

Claire miró la tarjeta.

—Aquí dice "Organizadora profesional de fiestas".

—Exacto —dijo Landon con los ojos cerrados—. Eso significa que habrá suficientes dulces como para que vomites hasta que yo regrese a organizar tu fiesta de los dieciséis.

Y con eso, Landon recogió sus cosas y arrojó a la basura su vaso de Starbucks manchado de lápiz labial.

—Tienen que empezar ya a enviar las invitaciones —dijo, mirándolas por encima del hombro—. Quiero que estén en el correo mañana temprano. Falta solamente una semana para la fiesta.

—Está bien —respondieron ambas.

—Terminator —dijo Claire entre dientes—. No puedo creer que te *caiga bien*. Sólo estaba esperando a que se quitara la máscara que usa en vez de rostro y que se le vieran todos los cables y el ojo colgando.

—Ez una or-ga-ni-za-do-ra pro-fe-zio-nal de fies-taz —dijo Massie, tratando de imitar a Arnold.

Claire estaba sorprendida. Esperaba que Massie defendiera a Landon.

—Re-gre-za- ráh cuando ten-gaz die-ci-zéiz —siguió Claire.

Las dos se rieron a carcajadas.

—Pues sí, es rara, pero es buena en lo que hace —dijo Massie—. Tienes que confiar en ella y no hacer preguntas tontas, como si va a haber *dulces* en una fiesta de Halloween.

Claire dio un gran suspiro: su momento de diversión con Massie había terminado.

—Aquí hay una lista de todas las estudiantes de séptimo de la OCD y de los chicos de Briarwood —Massie abrió su libreta Clairefontaine color lavanda y la puso en el mostrador, para que Claire pudiera verla. Luego sacó un frasquito de esmalte de uñas violeta de su bolso tipo mensajero—. Yo voy a hacer las invitaciones para los chicos, porque a ti todavía no te conocen, y también las de las chicas que marqué con un puntito violeta. Tú haces las que queden, ¿de acuerdo?

Claire notó que *su* lista estaba compuesta por todas las chicas a las que Massie llamaba PSR (perdedoras sin remedio).

—¿Quién es ésta? —preguntó Claire, señalando el signo de interrogación morado que Massie había puesto al lado de uno de los nombres.

—Olivia Ryan —respondió Massie—. Es una tonta. Nadie la ha visto desde que empezaron las clases. Conociéndola, probablemente ya se le olvidó dónde está la escuela —Massie se dio en la barbilla un golpecito con el frasco del esmalte para las uñas—. La voy a poner en mi lista.

Luego puso una marca y una gotita de esmalte violeta sobre el signo de interrogación—. ¡Ah!, y no se te olvide poner en las tarjetas Claire Lyons y *tu* teléfono donde dice RSVP, para que la gente a la que invites te llame a *ti* y no a mí.

Esa misma noche Claire se puso a hacer, al pie de la letra, lo que Massie le había pedido, salvo que decidió escribir su nombre como *Massie Block*, e incluir el número del celular de cierta personita, con instrucciones especiales de "llamar a cualquier hora, día o noche".

Claire sabía que Massie probablemente la obligaría a almorzar en el oscuro y húmedo armario del conserje durante un mes cuando se diera cuenta; pero valía la pena. Ya estaba harta de ser menospreciada.

—Si no puedes unírteles, acábalas —Claire lamió el último sobre y lo dejó bien cerrado.

Massie se paró frente al espejo de cuerpo entero e inclinó la cabeza hacia la derecha. Siempre lo hacía cuando se probaba un conjunto nuevo. Mirar con la cabeza inclinada le permitía imaginarse cómo la veían los demás. Era lo más parecido que tenía a una segunda opinión.

—¡Uf!, tampoco me puedo poner esto —le dijo Massie a Bean, que estaba hecha una bolita sobre una pila de suéteres. Se quitó uno rojo de cuello en V y lo arrojó a la cama con las otras prendas rechazadas. Normalmente, el esponjoso edredón violeta era el único toque de color en el blanquísimo cuarto. Pero hoy había ropa de todos los colores a plena vista. Massie se puso las manos en la cadera y evaluó el revoltijo.

—Parece que todos mis clósets vomitaron al mismo tiempo. Esta apuesta es una pesadilla.

Bean abrió los ojos y se estiró.

—Bean, todo lo que tengo en el clóset se me hace viejo. Si no le traigo unas cuantas blusas nuevas a mis jeans se van a morir de aburrimiento.

La perrita se lamió las patas.

—¿Cómo voy a soportar ir hoy al centro comercial y no comprar nada?

Bean dio un ladrido.

—Buen intento, Bean, pero los disfraces de Halloween no cuentan —dijo Massie—. Me refiero a algo nuevo y bonito, y que todas quieran. No quiero que nadie vuelva a pensar que voy de salida.

—Cariño, nos vamos en tres minutos —anunció la voz de Kendra por el intercomunicador.

—Ya bajo, mamá —contestó Massie por el parlante que estaba sobre la mesita de noche.

Pero seguía en ropa interior.

Se asomó apenas por la ventana esperando ver a Claire tratando de encontrar ropa que no hubiera usado todavía, pero las luces estaban apagadas. Probablemente ya estaba esperando abajo.

"¡Qué lata!", se dijo.

El celular de Massie sonó tres veces antes de que lo encontrara debajo de un blazer arrugado.

—Oye, Kristen, ¿qué haces?

—Nada —Kristen sonaba depre.

—¿Qué tienes? —Massie tomó una camiseta gris de DKNY, la miró y la arrojó por encima del hombro.

—No puedo creer que no vengas de compras con nosotras —dijo Kristen—. Éste es el último sábado antes de Halloween, y si queremos llevar todas el mismo disfraz…

—¿Y tú crees que *quiero* ir con Claire? —preguntó Massie—. ¿O que la prefiero a ella en vez de a ustedes? ¡Por favor! Parece que no me conoces. Me estoy sacrificando por el bien de la fiesta, y tú lo sabes.

—Perdón, es que ando tristona porque a Dylan le gusta Derrington, y obviamente Alicia se está poniendo de su parte porque dice que Dylan le dijo que le gustaba antes que yo; pero eso se debe a que te lo dije a *ti* y no a Alicia.

Mientras Kristen hablaba, Massie trató de pensar cómo podía salir con sus amigas. ¿Qué tal si se encontraban con Becca o Liz? No se vería bien que fueran sin ella.

—¿Y ustedes no tienen planes de ir al centro comercial hoy? —preguntó Massie.

—No, vamos a…

—Kristen, escúchame, ¿no tenían planeado ir al centro comercial hoy? —las palabras de Massie sonaban cortantes.

—¡Ah!, sí, claro —dijo Kristen—. Lo hemos estado planeando durante días.

—Recuerda, tienen que actuar como si fuera pura coincidencia —dijo Massie—. Mi mamá cree que Claire y yo somos, se abren comillas, *amigas,* se cierran comillas. Si se entera de que tengo algo que ver con esto, adiós a la fiesta.

—No hay problema. Actuar es mi especialidad. Mi mamá sigue pensando que me pongo suéteres de viejita y pantalones holgados todos los días para ir a la escuela, ¿cierto? Te hablamos cuando lleguemos allá.

Las chicas colgaron y Massie le echó otra mirada a su clóset.

Dedujo que la única manera de sobrevivir a la apuesta era ponerse su ropa vieja de forma innovadora. Así se engañaría a sí misma para pensar que había ido de compras. Pasó una corbata Armani de su papá (un sobrante de su breve etapa Avril Lavigne) por las presillas de sus jeans Sevens para que las puntas colgaran y se movieran al caminar. Luego se puso una camisa de Brooks Brothers (que usaba sobre todo para dormir) sobre una camiseta de tirantes finos, sin abotonar, salvo los dos botones de abajo. Después se enrolló las mangas, se puso la pulsera de dijes y quedó lista.

—Chic de internado —le dijo a Bean.

—Ya nos vamos —dijo Kendra por el intercomunicador.

Massie bajó y saludó a las mamás, a Claire y a Todd con una sonrisa. Le dio gusto ver a Claire con una camiseta en amarillo mostaza tan ajustada que apenas le cubría el estómago; la hacía verse bastante incómoda.

—¿Cómo se siente que tu hermana te pida prestada tu ropa? —le preguntó Massie a Todd, que estaba de pie junto a la puerta principal comiéndose un plátano.

—¡Ja! Sabía que se iba a dar cuenta —dijo Todd dirigiéndose a Claire con una sonrisa pícara.

Su voz sonaba pastosa porque hablaba con la boca llena; los sonidos que hacía al masticar le revolvieron el estómago a Massie.

Claire miró furiosa a su hermano.

—Hoy lavan la ropa, eso es todo —le dijo a Massie—. Además, nunca dijimos nada sobre los préstamos.

—Está bien. Verte con la ropa de Todd es casi mejor que imaginarte en mi viejo traje de esquí—Massie se enrolló la corbata en la muñeca mientras hablaba.

—Pues no creas que seguiré así —dijo Claire—. Mi mamá me dijo que puedo comprarme ropa nueva hoy en el centro comercial.

Massie se preguntaba por qué la vida era tan cruel. Las comisuras de sus labios parecían duras, como de piedra, mientras más trataba de forzar una sonrisa que dijera "me alegro mucho por ti".

—Entonces, ¿te has fijado en mi ropa, verdad Massie? —le dijo Todd a Massie casi al oído—. ¿Ya viste los Dockers grises que me compraron la semana pasada?

Su aliento caliente olía a plátano.

—Y tú, ¿ya viste mis Choo de tacón de dos pulgadas? —y le clavó el tacón de la bota en el pie a Todd, quien dejó escapar un quejido y cojeó hacia su mamá.

—El amor duele —dijo Massie.

Claire y Todd entraron corriendo por las puertas automáticas del centro comercial de Westchester, como si los hubieran dejado en Six Flags.

—¿Habrá aquí un Dairy Queen? —le gritó Todd a su hermana. Se había quedado atrás, debido a que el pie todavía le dolía un poco.

—Todos los centros comerciales tienen un Dairy Queen —contestó Claire—. Massie, ¿te gustaría ir a comprar dulces conmigo?

—Prefiero no desperdiciar mis calorías —dijo Massie mientras revisaba los mensajes en su celular.

Claire pensó de inmediato en sus amigas de la Florida. A todas les encantaban los dulces. Los compraban juntas, los compartían y guardaban cantidades de emergencia en sus clósets. Y las chicas de Westchester actuaban exactamente igual, sólo que sus "dulces" eran bolsos y zapatos, no gomitas ácidas.

Claire metió la mano en el bolsillo trasero del pantalón de satén negro (¡la estúpida apuesta!) y pasó los dedos sobre los tres billetes de un dólar que su papá le había dado antes de salir. Se prometió dejar de comer azúcar. Ésta sería la última vez: los chicos de Briarwood podrían pensar que era una inmadura. Massie, definitivamente, lo pensaba.

—Recuerden —dijo Kendra—, nos veremos enfrente de Nordstrom en diez minutos.

El sol que se filtraba por los domos llenaba el recinto con una luz cálida. El centro comercial de Westchester no se parecía en nada a los grandes edificios de concreto en los que Claire y sus amigas compraban en la Florida. Ni siquiera tenía tiendas de Spencer Gifts o Strawberry. Aquí los clientes entraban y salían de las boutiques de Louis Vuitton, Sephora y Versace Jeans Couture, con sus grandes anteojos oscuros tipo estrella de cine y tacones altos, que resonaban en los pisos de mármol pulido.

Claire sintió que los elegantes maniquíes en las vitrinas la miraban con cierto desprecio, justo como Massie, Alicia, Kristen y Dylan.

Claire no se sintió a gusto sino hasta que entró en Sweet Factory. Los familiares frascos llenos de coloridos caramelos alineados a lo largo de las paredes, la hicieron sentirse como en casa. Vació un montón de gomitas en una bolsa de plástico y le pagó a la cajera.

—Gracias por venir a Sweet Factory —la cajera, una adolescente con sobrepeso, se las arregló para darle el cambio a Claire sin alzar los ojos de su libro, *La nueva revolución dietética*, del Dr. Atkins.

—Gracias a *ti* —dijo Claire, se metió una gomita naranja en la boca y se fue a buscar a los demás.

Massie fue la última en llegar a Nordstrom, y era la única que no estaba masticando algo dulce. Incluso Judi y Kendra compartían una galleta de chocolate con relleno de crema.

—Debe ser difícil pasar por todas estas tiendas sin comprar nada, ¿no? —le dijo Claire a Massie.

—No lo sé —dijo Massie—. Ni si quiera lo había pensado.

Claire sabía que Massie mentía, por la manera en que miraba las bolsas con compras que la gente llevaba. De pronto, Claire se sintió mal consigo misma por haber sugerido la apuesta, porque lo que quería era que Massie la aceptara, no disgustarla.

—¿Quieres algunas calorías? —le dijo Todd a Massie, mostrándole un pegajoso Cinnabon.

—No, gracias.

—Anda, sólo un bocadito. Está buenísimo.

—Que no, GRACIAS.

—Está bien calientito —dijo Todd y olfateó con deleite el panecillo.

—Todd, ¿eres una bebida o algo así? —preguntó Massie.

—¿Cómo? —respondió Todd.

—¡Es que no te TRAGO! — exclamó Massie.

—Perdón por tratar de ser amable —dijo Todd alejándose.

Claire se rió mientras buscaba en su bolsa de gomitas tratando de evitar las verdes.

—¿Quieres? —Claire le ofreció la bolsa a Massie, aunque sabía que era perder el tiempo.

Massie la tomó y sacó un puñado de gomitas. Todd se quedó boquiabierto.

—Conque sí comes lo que te ofrece *Claire* —dijo—. ¿Desde cuándo te cae mejor *ella* que yo?

—Desde siempre —dijo Massie.

Todd se sintió tan ofendido que se adelantó para alcanzar a las mamás. Claire, por el contrario, estaba agradablemente sorprendida. Por lo visto, Massie la prefería a alguien más. ¿Qué importaba si era su malcriado hermano? Era un comienzo.

—No te va a volver a molestar en por lo menos una hora— dijo Claire.

Massie respondió tomando más gomitas.

Las dos caminaron más despacio para dejar que sus mamás y Todd se adelantaran.

—Entonces, ¿de qué te vas a disfrazar para Halloween? —preguntó Claire.

—De diablilla atrevida —dijo, masticando un gusano de goma—. ¿Y tú?

—Estaba pensando en Bombón, la Chica Superpoderosa. Es lista, linda y buena para los golpes. Y ya tengo el disfraz; lo usé el año pasado.

—Me parece bien. Al menos no eres de las que usan disfraces ingeniosos —dijo Massie—. Como los que se disfrazan de letra "P" con los ojos negros por el nombre del grupo Black Eyed Peas.

—Sí, esos disfraces son para los que se las quieren dar de listos —Claire realmente nunca había pensado en los disfraces ingeniosos, pero de todas maneras prefirió estar de acuerdo con Massie en eso.

—Creo que las dos deberían usar el mismo disfraz, puesto que son las anfitrionas —dijo Kendra por encima del hombro.

—¿Cómo nos oyó? —dijo Claire entre dientes.

—¡Ay!, sí, ¡se verían lindas! —agregó Judi.

Massie tomó suavemente a Claire del brazo, como para decirle que la dejara encargarse de ese asunto.

—Mami, sería una gran idea, si se nos hubiera ocurrido hace unos días —dijo Massie—. Lo que pasa es que ya me puse de acuerdo con Alicia, Dylan y Kristen para que las cuatro nos disfracemos iguales. Además, Claire se muere de ganas de ir de

Chica Superpoderosa, así que quizá el año que viene.

—Vamos, háganlo. Pueden ir de Chicas Superfiesteras —dijo Judi.

Claire hizo una mueca de hastío y pensó que se iba a morir de vergüenza en ese mismo momento.

—No se preocupen. Para nada. Las dos estamos bien así, como les dije —agregó Massie.

—Claire, ¿no preferirías ser una diablilla atrevida, igual que Massie y sus amigas? —preguntó Kendra.

—Pues no sé, supongo que sí, pero…

—Ya fuiste Chica Superpoderosa el año pasado —interrumpió Judi.

—Ya lo sé, pero es que…

Claire sentía que los ojos de Massie la traspasaban.

—Pues ya está: las dos serán diablillas atrevidas —dijo Kendra, quitándose una pelusa invisible de sus largas pestañas.

Claire sintió que el corazón le dio un vuelco, como si bajara por una montaña rusa a mil por hora.

—Pues… bueno —dijo.

Todd miró a Massie y se rió. De inmediato se tapó la boca con la mano cubierta de glaseado.

—Lo siento —dijo Claire entre dientes.

Massie optó por mirar hacia otro lado, y se ajustó el cinturón de corbata.

Claire se acercó y trató de disculparse nuevamente, pero Massie se cruzó de brazos y no respondió.

Claire tuvo el terrible presentimiento de que Massie comenzaría a portarse como un demonio antes de lo esperado.

Centro comercial de Westchester
En el nivel ii
1:38 p.m.
25 de octubre

Massie no podía creer que estaba en The Limited. Las imitaciones baratas de esa tienda siempre habían sido una inagotable fuente de burlas para ella y sus amigas. Alicia llamaba Fraudas a los falsos bolsos Prada, y Dylan decía que las gorras de lana cachemir parecían hechas con "pelo de rana". Pero en ese momento Massie habría dado lo que fuera por uno de los brillantes suéteres de poliéster (aunque hicieran sudar), como el que Claire se estaba probando.

Massie tomó un par de medias rojas del estante junto a la caja registradora. Originalmente el disfraz de diablilla atrevida era con las piernas desnudas, pero le atrajo la apariencia de "chica mala" de las medias. Luego lo dudó, las puso de nuevo en el estante y decidió apegarse al plan original. "Quizá las medias se vean mejor", pensó. Volvió a tomarlas, pero, en vez de examinarlas otra vez, se concentró en Claire, quien corría de perchero en perchero, decidiendo qué más iba a comprar.

—Claire —dijo Massie, poniendo las medias de vuelta en el estante—. Me cuesta concentrarme en el disfraz contigo brincando por toda la tienda, tratando de elegir suéteres de mal gusto.

—Lo siento —dijo Claire—. De todos modos, no encuentro nada que me guste.

Se alejó de puntillas. La emoción había desaparecido de

pronto de su rostro.

Massie caminó sin rumbo por toda la tienda, tocando prendas y forzándose a dejar atrás las pilas multicolores de camisola y suéteres. Estaba a punto de darse por vencida y de probarse la única prenda con cierto potencial en toda la tienda (una esponjosa bufanda en azul marino y rosa) cuando recibió el mensaje de texto que había estado esperando.

KRISTEN: X DÓNDE ANDAS?
MASSIE: THE LIMITD, SOS!
KRISTEN: CALMA, YA VAMOS PARA ALLÁ
MASSIE: DISIMULEN
KRISTEN: CLARO

Unos minutos más tarde, Kristen, Alicia y Dylan aparecieron en The Limited.

—¡Miren, es Massie! —gritó Alicia desde la entrada.

Massie arrojó su último gusano de gomita al perchero redondo en cuanto las oyó.

—Sí, es ella —dijo Dylan—. ¡Eh, Mass!, ¿qué diablos estás haciendo *aquí?*

Dylan la saludaba frenéticamente desde el otro extremo de la tienda.

—Vaya, qué coincidencia —le dijo Kendra a Massie—. Debes estar muy sorprendida.

—Sí, lo estoy —Massie se puso la mano sobre el corazón para mayor efecto y fue a saludar a sus amigas. Las tres iban cargadas de bolsas llenas de papel de seda, con compras de Versace Jeans, Sephora y BCBG.

—No se encontraron con Becca o con alguien más mientras compraban sin mí, ¿verdad? —dijo Massie en voz baja.

Todas negaron con la cabeza.

—Bien —respondió entre dientes.

—¿Y qué hacen ustedes aquí? —dijo después en voz clara y fuerte.

—¿Nosotras? —casi gritó Dylan—. ¡Oh!, teníamos planeado venir desde hace siglos.

Massie la miró con ojos asesinos. —¿Y a esto le llamas actuar? Lo hiciste mejor cuando saliste de mono volador en *El Mago de Oz*, cuando teníamos siete años.

—Y yo te dije que fueras discreta —dijo Kristen—. La saludaste con la mano como si estuvieras a punto de zarpar en el *Titanic*.

Massie sintió los ojos de su mamá traspasándole la espalda.

—Vayan a los probadores, y yo las alcanzo en cuanto pueda —dijo Massie.

—Lindo cinturón de corbata —dijo Alicia.

—Gracias —dijo Massie, auténticamente agradecida. Ese cumplido había sido lo único bueno en todo su día.

Miró a sus amigas tratando de pasar con sus bolsas por entre los maniquíes y los percheros para llegar al fondo de la tienda.

—Massie —le dijo Kendra en el mismo tono que usaba para hablarle a Bean cuando escarbaba en la basura.

—¿Qué, ma? —Massie sonrió inocentemente pero mantuvo la distancia entre ambas.

Kendra le hizo señas de que se acercara.

—Me parece que Claire y tú no se están llevando tan bien

como la otra noche —dijo—. ¿Están bien?

—Claro, ¿por qué?

—Es que pensé que querían pasar el día juntas, y ahora veo que tus amigas están aquí —dijo Kendra, asegurándose de que estuvieran solas junto a los accesorios para el cabello.

—La verdad, querida —dijo en voz baja—, es que Judi está preocupada. Cree que Claire aún no ha encontrado su ámbito social, y de verdad quiere que ustedes dos se lleven bien.

—Todo está *bien* —dijo Massie—. No te preocupes, por favor —trató de alejarse, pero su mamá la tomó de la delgada muñeca y la detuvo.

—Eso espero, porque Judi y Claire son dos de las personas más agradables que conozco, y no me gustaría verlas molestas.

—Mamá, todo es…

—Se sentiría muy mal si creyera que estás mintiendo sobre tu amistad con Claire sólo para conseguir permiso para la fiesta. Y eso también significaría cancelarla, y sé que tus compañeras se mueren de ganas de venir.

—No tienes nada de qué preocuparte, oíste —Massie se puso de puntillas y besó a su mamá en la mejilla—. Justo iba a buscar a Claire cuando tú me llamaste. Así que, ¿ya puedo irme a ayudarla con sus compras, *por favor?* Me necesita.

—Sí —Kendra suspiró —. Quizá podrías sugerirle que comprara algo negro. Seguro que se vería muy bien con sus ojos tan brillantes.

Massie le hizo a su mamá la señal de "bien hecho" con los pulgares y se fue corriendo. Pero Claire era lo último que tenía en la cabeza.

—Me quedan unos dos minutos antes de que mi mamá sospeche, así que hablaré rápido —dijo Massie en voz baja—. ¿Recuerdan la apuesta que les conté? Bueno, pues me está matando, no tengo nada que ponerme.

—¿Y por qué no admites que ella ganó, y ya? —dijo Alicia—. Es una simple apuesta.

—Porque entonces tendría que ponerse su viejo traje de esquí para ir a la escuela por una semana —dijo Kristen.

—Son dos semanas —dijo Dylan.

—No, sólo una —repitió Kristen.

—Bueno, ¿pueden dejar de pelearse ya? Necesito ayuda.

Massie abrió su cartera de Coach y sacó su tarjeta Visa.

—Tengan y cómprenme unas lindas blusitas. Quisiera una violeta de cuello desbocado, quizá algo en blanco níveo, y cualquier otra cosa que crean que me pueda gustar. Yo me encargo de los disfraces si hacen esto por mí.

—No se te olvide que ya bajé cinco libras, al menos una talla —dijo Dylan.

—Ya lo sé —respondió Massie—. ¡Pero ya váyanse!

Las chicas salieron a toda prisa para cumplir su misión.

Massie dio un suspiro de alivio. Se arregló el cabello, volvió a ponerse brillo de labios y se ajustó el cinturón de corbata antes de salir del probador. Acababa de salvar su moribundo guardarropa y se sintió en paz por primera vez en todo el día. Su siguiente parada sería The Espresso Bar, para celebrar con un *chai latte*.

Al salir del probador, se encontró con compradoras impacientes que cargaban montones de ropa y esperaban turno para entrar. Pero su victoria era demasiado dulce como para que esas clientas de The Limited se la echaran a perder y, además, *jamás* volvería a verlas.

Se alejó de los probadores con la frente muy en alto, sin hacer contacto visual con ninguna de ellas.

—Te oí.

Massie reconoció la voz, pero siguió caminando.

—Ya sé lo que hiciste.

"No mires, no voltees. Pie izquierdo, pie derecho. Izquierdo, derecho. Sigue adelante. ¡Ya casi llegas a la salida!"

—Massie, ALTO —dijo Claire. Estaba al frente de la fila, con un suéter azul pervinca y otras prendas del perchero de descuentos.

—¿Qué oíste? —preguntó Massie.

—No quiero discutir contigo —dijo Claire con voz paciente y amable—. Sé que esto ha sido difícil para ti, así que te voy a dar una segunda oportunidad. O le hablas a tus amigas para decirles que has cambiado de idea o puedes usar tus nuevas blusas por debajo de tu viejo traje de esquí. La sonrisa malvada de Claire hizo que a Massie se le pusiera la piel de gallina.

Massie sacó su celular de la bolsa y lo abrió.

—Lástima —dijo, y cerró el celular de inmediato—. Se agotó la batería.

—Usa el mío —dijo una chica de trencitas que estaba justo detrás de Claire en la fila, ofreciéndole su Nokia rojo, dorado y verde—. Eres Massie Block, ¿verdad? Vas a la OCD, ¿cierto?

Massie no lo tomó y, en cambio, tuvo que inhalar una nube de pachulí que emanaba de la chica.

—Sí —contestó—. Y tú, ¿quién eres?

—Brianna Grossman.

—¿Eres nueva? —preguntó Massie.

—No, hemos estado juntas en el mismo grupo por dos años —dijo Brianna, confundida—. Me invitaste a tu fiesta de Halloween.

Massie no se molestó en responder. En vez de hablar con ella, usó el dedo pulgar para abrir su celular y el cordial para mandar a volar a Claire.

Massie acababa de salir de la ducha y aún le escurría agua cuando sonó su celular.

No reconoció el número de quien llamaba.

—¿Aló? ¡Oh!... Hola, Jocelyn... ¡Ah!... Pero, ¿por qué me confirmas a mí?

Massie limpió el vapor del espejo para poder contemplarse mientras hablaba. Se veía molesta. —Es que tenías que haberle hablado a Claire... no a *mí*.

Jocelyn comenzó a tartamudear para tratar de explicarle que era su nombre el que estaba en la invitación, no el de Claire. Pero Massie no le hacía caso porque estaba cambiando la toalla húmeda, con la que se había secado el cuerpo, con una fresca y tibia del toallero con calefacción. Había terminado con su ducha, y también con Jocelyn.

—¿Oyes ese zumbido? —preguntó Massie.

—No.

—Pues algo debe andar mal con mi celular porque no te oigo —dijo, interrumpiéndose a sí misma.

Cerró el celular y lo arrojó a la cama.

—¿Por qué me habló a *mí*? —le preguntó a Bean mientras se secaba el cabello con otra toalla.

Cuando alzó la cabeza, miró los cinco disfraces de diablillas atrevidas acomodados sobre su edredón violeta. Seguramente Inez los había terminado tarde en la noche y había pasado a dejarlos mientras ella se duchaba.

Microminis rojas plisadas, que antes habían sido faldas hasta la rodilla, con largas colas en punta de flecha se alineaban al pie de la cama. Sobre cada una había un par de shorts masculinos grises, en cuyo trasero resplandecía la palabra *Bésalo*. Pequeñas camisetas de tirantes de Petit Bateau con desgarrones y cortes estratégicamente colocados estaban dispuestas en forma de abanico. Massie revisó la parte superior del lado izquierdo, donde normalmente iba el emblema del diseñador, para asegurarse de que Inez había seguido sus instrucciones. Y así era. Un bordado en rojo personalizaba con su nombre el disfraz de cada chica: *Diablilla Massie, Diablilla Kristen, Diablilla Alicia, Diablilla Dylan* y *Diablilla Claire*. Massie apenas soportaba ver el último: simplemente no encajaba en el grupo. Justo al lado de la camita de Bean había una diminuta camiseta que decía *Diablilla Bean* en el lomo; pero Massie estaba demasiado molesta para sonreír.

—Bean, tú eres la quinta, no *ella* —dijo Massie.

Bean parpadeó.

Escuchó un claxon conocido y supo que Isaac, su chofer, estaba listo para llevarla a la escuela. Massie, que seguía envuelta en la toalla, buscó algo atractivo que ponerse.

Durante toda la semana se había puesto corbatas como cinturones, aretes en vez de broches en las chaquetas, vestidos sobre jeans. Incluso se había puesto una bota café y otra negra. Pero ahora que era viernes, ya no sabía qué hacer.

Las chicas sin sentido de la moda siempre se inspiraban en

ella para sus atuendos de fin de semana, y merecían ver algo fabuloso.

Si no las satisfacía, buscarían otra musa de estilo. Y Massie no podía permitirlo.

El claxon sonó una vez más y Massie pensó en fingirse enferma. Tenía que pensar rápido. Tomó su disfraz de Halloween y se lo puso, complacida por lo bien que le quedaba. Dejaba muy poco a la imaginación; pero bueno, pensó, *a fin de cuentas, es Halloween*.

Massie tomó los disfraces de Alicia, Kristen y Dylan y salió corriendo. Iba con tanta prisa que sin querer olvidó el de Claire.

Al menos eso era lo que le diría a su mamá.

Todo el mundo volteaba siempre a verlas cuando caminaban por los pasillos de la OCD; pero esa mañana, cuando pasaron las cuatro diablillas atrevidas, sus compañeras se quedaron boquiabiertas.

Se veían de lo más seductoras y seguras de sí mismas con idénticos disfraces, como un equipo femenino de sexy robots, listo para dominar los suburbios. Todas las que pasaban elogiaban sus reveladores disfraces o les expresaban lo emocionadas que estaban por la fiesta.

—Esto es un grave error —dijo Kristen entre dientes.

—¿Por qué? —preguntó Massie, sin voltear a verla para no arruinar la mirada perdida en el espacio, como de modelo de pasarela, que le dedicaba a sus admiradoras. Usar ropa nueva le daba una gran satisfacción y no quería que la inseguridad de Kristen le echara a perder el momento.

—La escuela tiene una regla estricta de "no enseñar de más", y nosotras la estamos rompiendo por más de una razón —dijo Kristen—. Según el manual de la OCD, debemos ir cubiertas desde la parte superior del pecho hasta una pulgada por arriba de las rodillas y…

—Por fa-vor —exclamó Alicia—. Es Halloween, a nadie le importa.

—Y si de veras les importa, ¿qué tiene? —agregó Dylan—. El último atuendo revelador que me quedó a la medida, fue diseñado por Pampers.

Para el tercer período ya se habían visto por lo menos cuatro aspirantes a diablillas atrevidas. A la hora del almuerzo ya eran ocho.

—Ahí va otra —dijo Alicia, señalando a Jaedra Russell.

La chica estaba delante de ellas en la fila de la cafetería, con una mini de mezclilla y una blusa negra de cuello en V, con un desgarrón justo debajo de las costillas.

—Lanzamos más tendencias en un día que Marc Jacobs en un año —dijo Kristen.

Las cuatro acercaron sus bandejas unas pulgadas más hacia la caja registradora.

—¿No están felices de ser parte de este grupo? —preguntó Massie, dirigiéndose a sus tres amigas. Luego contestó la llamada que recibió en su celular.

—¡Aló! —dijo haciendo una mueca de hastío —. Habla AUDREY —dijo entre dientes.

—¿Vienes a la fiesta hoy en la noche?… Sí, yo también estaría emocionada si fuera tú… *muy* emocionada, si tomas en cuenta que es la primera vez que eres invitada a una de mis fiestas —Massie cubrió su celular para poder unirse a sus amigas, que se reían como locas—. ¿Cómo es que tienes mi número?… ¿De veras? ¿Estás segura de que no decía "Claire"? Tú no eres muy buena lectora que digamos…

Dylan tomó el celular de manos de Massie y presionó el botón para cortar la llamada. Las chicas se carcajearon. Audrey volvió a marcar, pero esta vez Massie presionó "Ignorar la llamada" y echó el teléfono en su bolso tipo mensajero de *Prada*.

—Ésta es la quinta llamada que recibo esta semana de una PSR —dijo Massie—. Y, por desgracia, todas han confirmado que sí vienen.

—¿Derrington viene? —preguntó Dylan, acomodándose la falda en la cadera.

—Sí, y todos sus guapos amigos también —dijo Massie.

Bandejas en mano, las cuatro chicas atravesaron el mar de mesas, deteniéndose cada tanto para hablar con sus admiradoras sobre la muy anticipada fiesta de parejas, para la que faltaban sólo unas cuantas horas.

—¿Massie, es cierto que Landon Dorsey está organizando tu fiesta? —preguntó Mandy Ross.

—Claro —dijo Massie—. De hecho, dijo que esta fiesta va a ser una de las mejores que ha planeado.

—¿Habrá dulces sin azúcar? —preguntó Suze Gayner.

—Si la Confitería Dylan los hace, los tendremos —dijo Massie.

—¿Se van a poner los disfraces de diablilla atrevida en la noche o tienen algo más planeado? —preguntó Vanessa Covers.

—Tendrás que esperar para saberlo —Kristen movió su resplandeciente trasero.

—¿Puedo llevar un CD para bailar? —preguntó Ava Waters.

—Por supuesto.

—¿Es cierto que a Becca Wilder se le ocurrió primero lo de la fiesta de parejas? —preguntó Parker Lemmons.

—¿Qué crees *tú*? —Massie miró a Parker directamente a los ojos y la chica respondió con una risita nerviosa.

—Debimos haber dado una conferencia de prensa —dijo

Massie cuando finalmente se sentó.

—Vaya que sí —dijo Dylan—. ¿Puedes creer que Allyson preguntó si tu casa tiene buenos lugares para besarse con los chicos?

—Lo sé —dijo Kristen—. Espero que lo único que llegue a sus labios en la noche sea un tubo de Chapstick. ¿Vieron lo reseca que tiene la boca?

—¿Alguna otra llamada de tus nuevas buenas amigas, las PSR? —le preguntó Alicia a Massie.

—Jocelyn le estaba diciendo a todo el mundo en clase de mate que habló contigo hoy en la mañana, antes de venir a la escuela —dijo Kristen.

—¡No! —dijo Massie.

—Te lo juro. Y dos segundos después, Liza y Hope dijeron que *ellas* hablaron contigo anoche —dijo Dylan—. Creo que Hope incluso dijo que ustedes hablaron por horas.

—¡NO PUEDE SER!

—Pues yo también la oí —dijo Kristen.

—Rayos, Massie, eso *no* es bueno para tu reputación —Alicia abrió su botella de Perrier y el agua gasificada se derramó y le ensopó el sushi.

—¡Oh!, muchas gracias por esto —dijo Alicia dirigiéndose a una desconocida sentada en la mesa detrás de ella.

—¿Y yo qué culpa tengo? —dijo la chica.

Alicia no respondió.

—¿Le dijiste a todas que Hope estaba mintiendo? —le preguntó Massie a Dylan.

—Justo en el momento en que iba a hacerlo la maestra entró en el salón.

A Massie le daba vueltas la cabeza. El ruido que hacían todas al hablar en la cafetería de repente le pareció insoportable, y el olor grasiento que despedían las hamburguesas vegetarianas al freírse le provocó náuseas.

Respiró profundamente y dejó escapar lentamente el aire. Esperó a que se le pasara el malestar para empezar a hablar.

—Si Hope y las otras PSR dicen que han estado hablando conmigo por teléfono, las demás van a pensar que me caen *bien*. Eso sería fatal para mí.

—Ya *es* fatal —dijo Kristen—. ¿Cómo fué que consiguieron tu número?

Massie tuvo una corazonada, pero la interrumpieron antes de que pudiera contestar.

—¿Puedo hablar contigo un momento? —preguntó Claire. Llevaba una camiseta desteñida de un concierto de Good Charlotte y una falda suelta de mezclilla con parches. Obviamente la ropa era un préstamo de Layne.

—Dime —contestó Massie.

—Pero en privado —dijo Claire.

—Nos va a contar todo lo que le digas, de todas formas, así que mejor dícelo de una vez —dijo Dylan.

—Bueno —Claire trató de ponerse detrás de la oreja los mechones que le caían en la frente, pero no eran bastante largos—. Pensé que íbamos a usar los mismos disfraces en la noche.

—Así es —la voz de Massie sonaba impaciente, crispada, nada amable.

—Pues sí, pero ahora no puedo ponerme el mío porque todos los chicos van a pensar que fui a mi casa después de la escuela a copiar el tuyo —explicó Claire.

—Créeme, ninguno de los chicos te va a prestar atención a ti ni a tu disfraz —dijo Massie—. Además, ¿cómo van a saber qué nos pusimos hoy para la escuela?

—Pues se supone que todos en Briarwood ya oyeron de los disfraces sexys —dijo Claire—. Los chicos han estado hablando de eso todo el día.

—¿En serio? —a Massie se le iluminó el rostro y se olvidó de todo el asunto de las PSR por un momento.

—¿Por qué no me dijiste que se iban a poner disfraces hoy? —preguntó Claire con voz temblorosa—. Yo también me hubiera puesto el mío.

Massie se enderezó y se puso las manos en la cadera.

—Normalmente habría salido con una excusa para no tener que decirte en la cara que nunca quise que usaras nuestro disfraz. Pero ya que decidiste poner mi número de celular en las invitaciones de todas las perdedoras del área de Nueva York, no me voy a tomar esa molestia —dijo Massie—. ¿Qué importa lo que nuestras mamás digan a estas alturas? La fiesta es un hecho, así que disfrázate de Elmo o de lo que quieras y déjame en paz de una vez por todas.

Claire abrió la boca como si fuera a decir algo importante, pero se fue antes de que le salieran las palabras. Massie vio a Layne levantarse de su asiento junto a los baños y salir detrás de Claire. Massie deseó que Claire no le dijera a Layne lo que había pasado, pero estaba muy enojada para tratar de detenerla.

—Por las diablillas —dijo Massie, levantando su vaso de agua con limón.

—Por las diablillas —repitieron sus amigas.

Claire entró en la enfermería, pues acudía a la enfermera Adele cada vez que necesitaba a alguien que la escuchara en la escuela.

—Claire, ¿qué pasa? ¿Alguien te viene persiguiendo, o qué? —preguntó Adele.

Claire quiso reírse, pero estaba demasiado afectada.

—¿Recuerdas que me dijiste que tenía que enfrentarme a Massie? —dijo Claire—. Pues lo hice.

—¿Y? —preguntó Adele.

—Digamos que, al final, tuve que iniciar la retirada —contestó Claire.

—¿Qué pasó? —preguntó Adele.

—Nada grave. Un malentendido sobre un disfraz. Yo realmente vine a saludarte y a desearte feliz Halloween.

Claire sabía que había empezado la pelea con Massie al darle el número de su celular a las PSR; pero le daba vergüenza admitirlo ante Adele.

Claire tomó un puñado de palomitas de maíz acarameladas del frasco de vidrio sobre el escritorio de Adele y se lo echó a la boca. El sabor le recordaba a sus amigas de Orlando y se preguntó de qué se disfrazarían este año.

—Pensé que te iba a encontrar aquí —dijo Layne al entrar en la oficina—. ¿Estás bien? Por la manera en que saliste de la cafetería me di cuenta de que las cosas no habían salido bien con Massie ¿Le preguntaste a Adele si puedes revisar el perchero de las cosas olvidadas? Quizá puedas improvisarte un disfraz con eso.

—¿Todavía necesitas un disfraz, Claire? —le preguntó Adele—. Por supuesto que puedes revisar...

—No, gracias —Claire no quería que Adele pensara que la única razón por la que la visitaba era para conseguir ropa—. Todavía tengo el traje de Chica Superpoderosa que usé el año pasado. Así que seré Bombón otra vez.

Claire detestaba la manera en que Layne la miraba, con la cabeza ladeada, los ojos muy abiertos, brazos cruzados y una expresión de ¿quieres-hablar-del-asunto? Claire sabía que su amiga sólo estaba tratando de ayudarla, pero necesitaba recuperar la confianza en sí misma, y ponerse a llorar no servía para eso. Un rato a solas en su cuarto con un espejo y unas cuantas canciones optimistas la harían sentir mejor que nunca. Si tan sólo Layne dejara de mirarla de esa manera...

En ese momento entró a la enfermería Amber Ryan. Venía toda encorvada y agarrándose el costado, como si se hubiera arrastrado desde el frente de batalla.

—¡Enfermera! —gritó—. Llame al 411.

—¿Por qué? ¿Necesitas algún número de teléfono en esta zona? —preguntó Layne.

Claire se tapó la boca para no reírse.

—Amber, ¿me dejas revisarte? —dijo Adele.

Amber asintió y se limpió las lágrimas con la mano. Se levantó lentamente un lado del suéter, como preparando a la enfermera para algo tremendo.

Claire y Layne se inclinaron para ver la herida justo al mismo tiempo que Adele y chocaron cabeza con cabeza. Claire comenzó a reírse, lo cual hizo que Amber se pusiera a llorar otra vez.

—Shhh, no pasa nada —dijo Adele—. Es sólo un corte y no es profundo. Un poco de desinfectante y quedarás como nueva.

Los sollozos de Amber se redujeron a unas cuantas lágrimas, que gradualmente se convirtieron en suspiros.

—¿Qué te pasó? —preguntó Adele.

—Traté de cortar mi suéter con las tijeras y se me resbalaron —dijo Amber, como si eso fuera tan común como que se le cayeran los libros al entrar al salón de clases. Seguramente notó la expresión de sorpresa de la enfermera, porque siguió explicando sin que se lo pidieran.

—Es que Massie y sus amigas vinieron hoy a la escuela con unas camisetitas increíbles, todas rasgadas, y todo el mundo está tratando de hacer lo mismo con su ropa —dijo Amber—. Me siento como una idiota.

—¿Por tratar de imitarlas? —dijo Layne—. Pues con toda la razón.

—NO, por cortarme al hacerlo —dijo Amber—. Shari, Mel, Trina y Shannyn se cortaron las camisetas sin problema.

La enfermera frunció el entrecejo.

—¿Quieres decir que otras chicas lo están haciendo?

—Todas —dijo Amber—. Usted también lo haría si supiera lo bien que se ve.

Claire se dio cuenta de que Adele estaba furiosa porque tenía dilatadas las aletas de la nariz. Ni siquiera le ofreció a Amber un Hershey's Kiss gigante, de los que guardaba en su estante de "para-que-te-sientas-mejor", cuando terminó de curar la pequeña herida. En cambio, salió casi corriendo de la enfermería.

—¿A dónde vas? —gritó Claire.

—A hablar con la directora Burns —respondió Adele, dirigiéndose a las oficinas de la administración—. Esto es una escuela, NO una pasarela.

—Parece que a Massie le espera un susto para este Halloween —dijo Layne con una sonrisa.

—Me encantan estas fechas —Claire tomó otro puñado de palomitas de maíz antes de salir para su próxima clase.

—Les dije que nos íbamos a meter en problemas —dijo Kristen entre dientes, abrazándose el estómago y meciéndose de atrás hacia adelante, como si estuviera intoxicada con comida en mal estado—. Mi mamá no me va a dejar salir de la casa nunca más. Me van a tener que dar clases en casa.

Las cuatro estaban sentadas en "La Banca", un antiguo reclinatorio de iglesia apoyado contra la pared, justo afuera de la dirección. Apenas podían escuchar a la directora, que hablaba por teléfono con sus padres para informarles sobre lo que llamaba el "incidente".

—Esto es una completa estupidez —dijo Massie—. Mis papás recaudan tanto dinero para la escuela, ¿y *así* nos pagan? ¡Por fa-vor!

—No te preocupes —dijo Dylan quitándose un rizo del rostro—. Le voy a pedir a mi mamá que dedique todo un programa de *The Daily Grind* a esta injusticia —cada vez que a Dylan no le parecía bien algo, amenazaba con hacer que su famosa mamá lo expusiera en su célebre programa matinal—. Ella detesta que la gente trate de imponer sus creencias a los demás, especialmente cuando se trata de expresiones artísticas.

—Chicas, basta de conversación; están en la dirección de la escuela, no en una fiesta de cumpleaños —la malhumorada secretaria se quitó los lentes con marco de carey y empezó a hacerlos girar sobre uno de sus dedos índice. Cuando acabó de echarles miradas fulminantes a las chicas, volvió a ponerse los lentes y regresó a su computadora.

—Cree que vive en el Westchester salvaje —dijo Massie entre dientes.

Las chicas se rieron por lo bajo.

—Un sonido más y subiré al máximo el aire acondicionado —dijo la secretaria—. Medio desnudas como están, se van a congelar en diez segundos.

Massie abrió su celular y las demás la imitaron, salvo Kristen, que se retorcía mechones de cabello con dedos temblorosos.

MASSIE:	MIREN LA PUERTA
DYLAN:	Q?
MASSIE:	EL LETRERO, LÉANLO
ALICIA:	DIC BURNS, Y Q?
MASSIE:	PUES "BURNS" ES ARDR. SI LE ARD, Q VEA A UN DR.

Las tres se echaron a reír, lo cual puso a Kristen morada de coraje.

—Si las oye reírse, se va a enojar todavía más —dijo señalando hacia la Dirección.

—¿Y qué va a hacer? —preguntó Massie—. ¿Matarnos?

—Precisamente, señorita Block —dijo la directora Burns.

Massie se quedó boquiabierta al ver a la mujer alta, delgada y canosa de pie frente a ella. Se decía que la directora recogía cáscaras de naranja de la basura y se las comía, porque estaban llenas de antioxidantes. Para no asustarse, Massie trató de imaginársela rebuscando en la basura, pero no dio resultado.

—Ya le avisé a sus padres sobre este asunto y ellos decidirán qué hacer con ustedes —continuó—. Pero mientras estén en *mi* escuela, van a vestirse como todas unas damitas y NO como coristas de Las Vegas —agregó mientras se fijaba en la hora de su reloj pulsera—. Vayan de inmediato a la oficina de la enfermera Adele a vestirse con la ropa del perchero de objetos olvidados. Si las veo con siquiera una uña al descubierto, haré que las arresten por conducta indecente. ¡Andando!

Las chicas obedecieron y caminaron en silencio. Lamentablemente para ellas, Claire se había llevado toda la ropa más o menos decente en las últimas semanas, así que no quedaba mucho para escoger. Después de revisar los descartes de la temporada anterior, Massie, Kristen, Dylan y Alicia salieron justo a tiempo para el quinto período. Y de nuevo, todas voltearon a verlas pasar, pero esta vez el motivo era distinto.

Massie llevaba una camiseta roja brillante con una mancha de chocolate justo sobre el pecho izquierdo, la cual hacía juego con el pantalón de pana talla extra grande de color mostaza, que tenía que sostener con las manos al caminar.

Alicia encontró una larga falda de mezclilla, que acompañó con una blusa de la misma tela, de Gap. Alicia decía que le parecía un atuendo de "rodeo chic", pero Massie dijo que más bien era "horrendo sin rodeos".

Dylan tuvo que embutirse en unos Sevens, que no se pudo abrochar porque le quedaban demasiado chicos, y se puso una amplia camiseta con teñido de nudos que le cubría el pantalón desabrochado.

Kristen fue la única que pudo ponerse algo decente, pues se puso el conjunto con el que había salido de su casa y que había dejado en su armario esa mañana al llegar.

—Bueno, pues por fin me sirvió de algo tener papás tan estrictos —se dijo a sí misma al abotonarse la chaqueta de lana que su mamá le había comprado en Macy's.

Cuando se dirigían al salón de clases vieron pasar a dos chicas vestidas con camisetas desgarradas y minifaldas.

—Esas camisetas desgarradas ya están muuuy pasadas de moda —susurró Massie al pasar a su lado.

—¿Tan rápido? —preguntó una de las chicas.

—Hay que estar al día —Massie las dejó atrás, sabiendo que estaban memorizando la ropa que traía, para copiarla como si fuera de última moda.

No podía esperar al lunes próximo, cuando la mitad de las chicas de su grado llegaran vestidas como Winnie-the-Pooh.

Claire miró por la ventana de su cuarto a Landon Dorsey y su equipo de leales servidores verificando por todo el jardín que cada cadáver estuviera en su sitio. La casa estaba llena del dulce aroma de las manzanas acarameladas que su mamá preparaba, pero ni siquiera *eso* pudo relajarla. Faltaba menos de una hora para que la fiesta comenzara, y Claire seguía con la ropa que había llevado a la escuela. El saber que su hermano y su increíblemente bajito amigo Nathan estaban a puerta cerrada poniendo el toque final a sus disfraces de Halloween, la ponía todavía más nerviosa.

Claire sacó de su clóset una caja que decía "Ropa de fiesta". La abrió y metió la mano para buscar su disfraz de Chica Super-poderosa del año anterior.

"¿Cómo le voy a explicar a mi mamá por qué no estoy vestida igual que mi adorable coanfitriona?"

Sus dedos rozaron una suave tela de poliéster satinado y dio un suspiro de alivio.

"¡Lo encontré!"

—¿Claire, podemos pasar? —llamó Todd al otro lado de la puerta—. Queremos enseñarte algo.

—¿No pueden esperar un rato? Estoy a punto de vestirme —gritó Claire.

—No —dijo Todd y se metió en el cuarto.

—¿Qué *haces?* —gritó Claire.

Todd estaba vestido de Burbuja y Nathan de Bellota, las otras dos Chicas Superpoderosas. Nathan llevaba un minivestido color verde menta con una banda negra en la cintura y una peluca negra corta. El vestido de Todd era igual, sólo que azul. Claire se preguntaba cómo había logrado dividir su peluca rubia en dos perfectas coletas, pero estaba demasiado sorprendida para preguntar. Ambos llevaban enormes ojos de cartón pegados a sus lentes oscuros.

—Pensé que probablemente te ibas a sentir muy ridícula vestida de Bombón, sin la compañía de las otras dos Chicas Superpoderosas —dijo Todd—. Así que decidimos ayudarte.

—Eso no fue lo que tú me dijiste para convencerme —dijo Nathan—. Dijiste que nadie nos iba a reconocer con estos disfraces, y que así podríamos acercarnos a Massie y a sus guapas amigas sin problemas.

—¿De qué *hablas,* Nathan? —dijo Todd, esforzándose por sonar confundido.

—La cosa es que mamá quiere que bajemos en diez minutos para tomarnos fotos, así que apúrate, Bombón —Todd le hizo a Claire la señal de "bien hecho" con los pulgares—. ¡Y recuerda que las Superpoderosas salvan el día!

Claire le arrojó una pantufla rosa y peluda, que terminó golpeando una foto en blanco y negro del abuelo de Massie. La foto se cayó, pero no se rompió.

—¡Fuera de aquí!

Todd y Nathan salieron corriendo, gritando y riéndose, y golpearon la puerta al cerrarla.

Claire escuchaba el sonido apagado de Monster Mash

saliendo de la cabina del animador y le entraron los nervios antes de la fiesta. De pronto le dieron ganas de ir al baño.

—¡Claire! —gritó Judi desde la cocina.

Claire no contestó. Estaba muy ocupada tratando de subirse el cierre del vestido rosa y de ajustarse la peluca pelirroja.

—¡Claire! —gritó su mamá de nuevo.

—¿QUÉ?

Claire estaba harta de tantas interrupciones. Sólo quería cinco minutos para arreglarse y decirse ante el espejo algunas palabras, para darse ánimo antes de la fiesta. Necesitaba sentir que había recobrado la confianza en sí misma, si es que quería encontrar novio.

—Claire, baja ya —dijo Jay—. Es hora de tomar las fotos. Ya va a empezar la fiesta.

—YA VOY.

Claire se puso la máscara y bajó la escalera, aunque no se sentía completamente lista aún para enfrentarse a la gente.

—Oh, ¡qué linda te ves! —dijo Judi al verla.

—Al final decidiste vestirte como tu hermano y Nathan —dijo su papá.

—¿Qué? —Claire miró a su hermano con ojos asesinos—. Pero si fue *mi*... —y en ese momento se detuvo, recordando de pronto que su mamá esperaba que se disfrazara de diablilla atrevida.

Claire no supo qué decir. Si le contaba a su mamá lo que había pasado en la escuela, metería a Massie en problemas. Y con sólo pensar en la furia de Massie, a Claire se le revolvía el estómago. Temía que Massie la persiguiera como a una edición limitada de celulares Motorola, la destruyera y la arrojara a la basura como a las botas Ugg del año pasado. El antojo de Claire por los dulces de Halloween había desaparecido por completo.

—Sí —dijo Todd interrumpiéndola y abriendo los ojos un poco más para que sólo ella se diera cuenta. Eso normalmente significaba que debía callarse y seguirle la corriente, pero no imaginaba qué podía decir su hermano en ese momento.

—Mamá, ya sé que tú querías que Claire se vistiera igual que Massie; pero Nate y yo realmente necesitábamos un trío, por eso le rogamos y finalmente la convencimos. No estás enojada, ¿verdad?

Claire se encogió de hombros y puso cara de qué-se-le-va-a-hacer.

—¿Cómo me voy a enojar por algo así? —sonrió Judi enternecida—. Creo que es muy lindo de su parte.

—Bueno —dijo Jay quitando la tapa del lente de la cámara—, es hora de tomar fotos.

Jay comenzó a tomarlas y Judi a dirigir al grupo, sugiriendo distintas poses para que las fotos fueran variadas.

—¿Cómo supiste lo de mi disfraz con Massie? —le preguntó Claire a Todd entre dientes, sin dejar de sonreír para las fotos.

—Pues casualmente escuché cuando hablabas por teléfono con Layne —dijo Todd en voz baja.

—¿Por qué mentiste por mí? —susurró Claire.

—A veces me gusta usar mis poderes para hacer el bien, y no para hacer daño. Y pensé que podrías pagarme el favor haciendo mi tarea de mate este fin de semana —contestó.

—Está bien —dijo Claire.

Era eso o admitir ante sus papás que el sueño de que ella y Massie fueran amigas nunca sería más que eso: una ilusión.

La mansión de los Block
En el cuarto de Massie
6:50 p.m.
31 de octubre

Massie estaba de pie frente al espejo de cuerpo entero, tratando de colocarse en la cabeza los cuernos de diablilla sin arruinar la raya perfecta que le dividía el cabello. Habría sido más fácil si no estuviera hablando en el celular al mismo tiempo, pero se le hacía tarde.

—Kristen, trata de dejar de llorar —dijo Massie—. No entiendo lo que dices.

—Mi —tragó saliva— mamá —suspiró— no me deja —inhaló con fuerza— ir esta noche —Kristen dejó escapar un sollozo final.

—Dile que la fiesta es sólo de chicas.

—No es eso —Kristen se sonó la nariz en el teléfono—. Fue la llamada de la directora Burns por los disfraces que llevamos hoy. Sabía que no debimos haberlos usado…

—Con todo respeto, pero tu mamá es demasiado estricta —Massie enderezó la cola de demonio que colgaba de la falda—. Cuando llegué a casa mi papá me dió un discurso de dos segundos sobre obedecer el reglamento de la escuela y luego siguió bajando un audiolibro de la Internet, como si nada.

—Tienes suerte de tener papás tan comprensivos —dijo Kristen.

—¿Y no te puedes escapar? —preguntó Massie.

—¡Para nada! Ya tengo suficientes problemas.

—Bueno, como quieras; pero va a ser feo que Dylan te robe a Derrington.

Kristen lloró todavía más fuerte.

En cuanto lo dijo, Massie supo que ese comentario era lo último que Kristen quería oír; pero estaba molesta porque su amiga se iba a perder la fiesta. Massie deseó que siquiera esta vez Kristen se enfrentara a sus papás.

—Es una broma —dijo Massie—. Estoy segura de que ni siquiera se va a atrever a hablarle.

—Sí, claro —dijo Kristen con desdén—. Tú sabes que desde que bajó de peso se ha vuelto una coqueta.

—No te preocupes. Te hablo en un rato, ¿de acuerdo? —Massie sabía que debía haberla tranquilizado un poco más, pero le quedaban cinco minutos para ponerle a Bean su disfraz de diablilla atrevida, y también le faltaba maquillarse.

Después de otros quince minutos más arreglándose, Massie estuvo finalmente lista. A las siete en punto ya estaba en la puerta lateral, dispuesta a recibir a sus invitados. Era una noche tibia, sobre todo si se toma en cuenta que era octubre, y eso le daba un aire mágico al jardín.

—Todo el mundo va a hablar de esta fiesta durante los próximos cincuenta años —le dijo Landon, pasando como flecha con una taza grande de café y una caja llena de velas en forma de calaveras.

Massie se sintió tan orgullosa que creyó que le iba a estallar el corazón.

En la entrada habían colocado un enorme estandarte en letras rojas que decía CUANDO EL INFIERNO SE CONGELE, se veía como sangre chorreando. Meseras con mallas rojas, como ayudantes del diablo, entregaban bolsas negras y anaranjadas a los invitados para que guardaran sus dulces. Junto a la piscina estaba la pista de patinaje, y debajo de la superficie de hielo se veían cabezas destrozadas, congeladas. Dos demonios macabros estaban en una de las cabañas, que se había transformado en una garita llena de patines. Había también maniquíes colgados del enorme roble que daba a la piscina, a la cual le habían teñido el agua de rojo.

La luz de tres enormes fogatas llenaba de brillo anaranjado todo el jardín. Esas "fosas de la desesperación" estaban rodeadas de mantas rojas donde los invitados podían sentarse a tostar malvaviscos con largos tridentes de madera.

El animador ya estaba mezclando música; Jules, el caricaturista, ya tenía instalado su caballete, y de la máquina de hielo salía una neblina fantasmagórica que flotaba sobre el césped. Todo estaba en su lugar, salvo un último detalle.

Massie escribió FUERA DE SERVICIO en una hoja de papel y la pegó en la puerta de uno de los baños junto a la piscina. Después de todo, la anfitriona necesitaba privacidad para poder hablar con sus amigas.

Ya habían llegado los primeros invitados y, tal como Massie lo deseaba, todo el mundo se quedaba mudo al entrar.

—Massie, ¡creo que me morí y me fui al infierno! —dijo Sadie Meltzer tratando de ser graciosa. Ella y sus otras amigas de la lista "B" venían disfrazadas de princesas. Sadie siempre buscaba una excusa para soltarse la coleta, ya que el larguísimo cabello le llegaba hasta el trasero, algo que su mamá sólo permitía en ocasiones especiales.

—Ésta es la mejor fiesta a la que he asistido en toda mi vida. Tú y Claire son increíbles.

—Bueno, en realidad, Claire no tuvo nada que ver con esto —dijo Massie—. A menos que cuente llenar invitaciones.

Sadie contestó algo, pero Massie apenas se dio cuenta. Lo único que su radar registraba era Cam Fisher, que iba llegando junto con Derrington y alguien disfrazado de gorila.

A Massie le parecía que lo mejor de Cam eran sus ojos: uno verde y otro azul. Alicia lo describía como un "perro esquimal psicótico", pero Massie prefería llamarlo "intenso". Aunque se sentía tentada, se contuvo porque había decidido no decirle a nadie lo que sentía por Cam, hasta no estar ciento diez por ciento segura de que a él también le gustaba ella. Había aprendido mucho del humillante error que había cometido con Chris Abeley.

Durante semanas, Massie lo había seguido en los Establos Galwaugh para poder montar a caballo con él. Había dejado a sus amigas para salir con él, e incluso fingió ser una gran amiga de su hermana, Layne. Y durante todo ese tiempo, Massie no tenía idea de que Chris sólo la quería como amiga, porque salía con una chica odiosamente guapa de noveno grado llamada Fawn.

—¡Oye! Sí que te ves muy *diabólica* —comentó Cam al saludar a Massie, quien rebuscó en su mente alguna respuesta ingeniosa sobre el disfraz de él, pero como estaba vestido de futbolista, no había mucha tela de dónde cortar.

—¿Y *tú*, de qué vienes disfrazado? —le preguntó a Derrington, esperando que el brusco cambio de tema no delatara lo nerviosa que estaba.

—Una bolsa de basura —dijo Derrington entre dientes. Su cabeza salía de una bolsa de basura verde, embarrada de lodo—. ¿Así que éste es el famoso disfraz del que todo el mundo hablaba hoy en la escuela? —Derrington la miraba de arriba a abajo. Massie deseaba que fuera Cam el que la admirara de ese modo; pero éste estaba muy ocupado quitando una ramita de la máscara del gorila.

Massie estaba a punto de comenzar a contarles el problema en el que se habían metido en la escuela, cuando una Chica Superpoderosa la interrumpió.

—Perdón por llegar tarde. Mis papás no me dejaban salir porque se pusieron a tomarme mil fotos —y luego dijo, dirigiéndose a Derrington—. Hola, soy Claire.

—Tú debes ser la chica nueva de la que tanto hemos oído hablar —dijo Cam, apartándose del gorila para echarle un ojo a Claire.

—¿Han *oído* hablar de mí? —preguntó Claire. Massie la apartó antes de que ellos tuvieran oportunidad de responder.

—Mira —le dijo entre dientes—. No tiene caso que estemos aquí las dos. ¿Por qué no vas a la cabina del animador por si alguien quiere pedirle una canción o algo así? Yo me quedo en la entrada para recibir a la gente.

Massie se sintió más que aliviada cuando Claire se fue sin más discusión. Ahora que la había quitado de su camino, podía concentrarse en Cam, quien se dirigía a la mesa de los postres. Massie aparentó indiferencia hablando con otros invitados pero continuó siguiéndolo de cerca. De pronto la había invadido un antojo irresistible de dulces.

ESTADO ACTUAL DEL REINO

IN	OUT
DYLAN Y DERRINGTON	KRISTEN Y DERRINGTON
MASSIE Y CAM FISHER	MASSIE Y CHRIS ABELEY
LA "CHICA DE SIEMPRE"	LA "CHICA NUEVA"

La mansión de los Block
En la fiesta de halloween
7:40 p.m.
31 de octubre

Claire se abrió paso por entre las meseras vestidas de zombis que ofrecían los "horror d'oeuvres". Le quedó claro que Massie quería que desapareciera; pero de ninguna manera se iba a pasar la noche de pie junto a la cabina del animador. Ésta también era su fiesta.

—¡Eh, Bombón!

Claire vio a Layne que se acercaba. La gente le abría paso, no tanto por observar buenos modales sino porque temían que los chocara si no se apartaban.

—¡Oh!…, tú sí te tomaste en serio lo del costal de papas, ¿verdad? —le dijo Claire, tomándole una foto. Layne estaba metida en una enorme caja, como si fuera un sillón con cojines verde claro, y tenía el rostro pintado de color café para parecerse a una papa.

—Me encanta esta fecha —dijo Layne con un suspiro.

Justo entonces, Alicia y Dylan pasaron junto a ellas, pavoneándose y moviendo la cola con punta de tridente.

—Mira, ¡qué papanatas! —le dijo Alicia a Dylan.

—Soy un costal de PAPAS en un sofá —Layne se acomodó los cojines, miró a Claire e hizo una mueca de hastío.

—Qué bueno que lo dices —comentó Alicia—. Ya iba a elogiar tu nuevo vestido.

—Sí —dijo Dylan—, cualquier cosa es mejor que el pantalón de hombre, como de conserje, que te has puesto últimamente.

—Al menos yo sí estoy *disfrazada*. En cambio ustedes se ven igual que siempre —dijo Layne—: idénticas a Massie.

Claire estaba tan impresionada por la valentía de Layne y su ingeniosa respuesta, que quería darle un abrazo ahí mismo. Pero tendría que esperar a que se quitara el disfraz.

—¿Ah, sí? Pues tú te ves *igual* que siempre —dijo Dylan—: ¡estúpida!

Claire y Layne sabían que la respuesta de ésta había sido mucho mejor, y corrieron a saludar a sus amigas antes de que la pelea se desatara.

Dieron unas cuantas vueltas por el jardín con Meena y Heather, que estaban disfrazadas de cadáveres de Paris y Nicky Hilton, las dos con pelucas rubias, minivestiditos y el rostro pintado de verde. Por lo visto, los setenta y cinco invitados se habían presentado, y Claire no pudo evitar preguntarse si alguien habría llegado si sólo hubiera aparecido el nombre de ella en la invitación.

La mayor parte de los chicos se quedaban alrededor de la mesa de los postres y las chicas rondaban la pista de baile. Todos se reían y parecían estar divirtiéndose, pero los grupos no se mezclaban.

—Este animador no es nada bueno —dijo Meena—. ¿Cuándo va a dejar de tocar esas pésimas canciones de Halloween y a poner por fin algo bueno?

—Ahora mismo —dijo Claire y las condujo hacia la cabina del animador.

—Disculpa —dijo Claire con su voz más amable—. ¿Crees

que ya podrías empezar a poner algunas buenas canciones?

El animador la miró con una sonrisa tan amplia que la punta de su barbita de chivo se le extendió por toda la barbilla.

—Pensé que nunca me lo pedirían —dijo—. Es que esa mujer, Landon Dorsey, me obligó a poner estas tonterías.

Unos segundos más tarde, *Toxic*, de Britney Spears, salía de los altavoces y todo el mundo se lanzó a la pista de baile. Meena y Heather fueron las primeras. —Es lo que las hermanas Hilton habrían querido —dijo Heather antes de comenzar a bailar.

—¿Crees que alguien vaya a invitarme a bailar con este estúpido disfraz de Chica Superpoderosa? —preguntó Claire, moviendo la cabeza al ritmo de la canción.

—¿Ves? —dijo Layne, señalando con el dedo como si hubiera hecho un brillante descubrimiento—. Exactamente por eso es que no quería que invitaran a chicos a la fiesta. Si fuera sólo de chicas, no te importaría *cómo* te ves con tu traje y ya estarías bailando.

—Sí, y si fuera sólo de chicas no hubiera venido —dijo Claire—. Ya sé lo que esas chicas hacen para divertirse, y normalmente tiene que ver con torturarme. Así que, si no me presentas a ningún chico, lo haré yo misma.

—Muy bien —Layne sonrió divertida, como si Claire le hubiera dicho que nunca más comería gomitas—. Mejor aún, ¿por qué no le pides a tu coanfitriona que te los presente? ¿Te atreves?

Claire se mordió el labio inferior.

—Si lo hago, ¿prometes quedarte conmigo y hablar con ellos también?

—Por supuesto —dijo Layne. Obviamente, no creía que Claire fuera a hacerlo.

—Bueno —dijo Claire—. Me imagino que no tengo nada que perder, salvo mi propia vida, que tampoco vale mucho que digamos por estos días.

Layne hizo una mueca de hastío ante el melodramático comentario de Claire y juguetonamente la empujó hacia Massie.

Massie estaba de pie junto a la piscina sangrienta, rodeada de un grupo de chicas que admiraban el disfraz de diablilla atrevida de Bean. Cuatro chicos rondaban el apretado círculo, dándose codazos torpemente.

Claire caminó de prisa al principio y luego con pasos más cortos y lentos, a medida que se adentraba en la zona de dominio de Massie.

—¡Eh!, coanfitriona —Claire sonrió y le dio un leve codazo a Massie. Supo que había sido una mala idea un segundo después de hacerlo.

—Disculpen —dijo Massie con una sonrisa a sus invitadas, saliendo del círculo y jalando a Claire.

—¿Qué quieres? —dijo Massie de mal modo cuando estuvieron solas. El lápiz labial negro en los labios la hacía verse tan malvada, que Claire se preguntó si realmente estaba en el infierno.

—Perdona que te interrumpa, pero quería ver si…

—Claire, ¿nos vemos tú y yo como un par de tetas?

—¿Qué dices? ¡No! —respondió Claire.

—Entonces no trates de colgarte a mi lado —dijo Massie.

—Es que… estaba pensando si tú podrías presentarnos a algunos de los chicos de Briarwood —Claire señaló a Layne, que esperaba junto a las azaleas.

Massie se acomodó los cuernos antes de hablar.

—¿Por qué no le pides a la papanatas del sillón que te ayude? Ella conoce a la misma gente que yo.

—Es tímida —dijo Claire—. Además, nuestras mamás probablemente esperan que me ayudes, puesto que se supone que somos tan buenas amigas y todo eso, ¿recuerdas? ¿No fue eso lo que les dijiste cuando les pediste permiso para organizar esta fiesta *juntas?*

Claire rogó que su voz no se oyera temblorosa.

—¿Crees que se molestarían si se enteraran de que le has estado diciendo a todo el mundo que ésta es *tu* fiesta?

—¿Por qué adivinar? —preguntó Massie—. ¿Por qué no decirles de una vez?

Claire se quedó paralizada. Ésa no era la respuesta que estaba esperando.

—Perfecto, voy a decirles —Claire volteó y caminó hacia la casa principal. Iba mirando sus zapatos de charol a cada paso y rogaba por un milagro. No tenía idea de lo que iba a hacer, pero siguió adelante como si tuviera un plan perfectamente armado.

—Claire, espera —gritó Massie.

"¡Gracias, Dios mío!"

—Nos vemos en el baño que está fuera de servicio en cinco minutos. Voy a llegar con dos chicos que creo que serían perfectos para ti y Layne.

—Nada de PSR —dijo Claire. Sabía que no debía abusar de su inesperado poder sobre Massie, pero era difícil contenerse—. Y nada de trampas o hablaré.

—De acuerdo —dijo Massie.

Mientras se acercaba a Layne, Claire se preguntaba si algún chico realmente era digno de tanto embrollo.

La fiesta de halloween
En el baño fuera servicio
8:22 p.m.
31 de octubre

El baño fuera de servicio era un poco estrecho para Layne y su enorme disfraz, así que Claire tuvo que sentarse en la tapa del inodoro.

—No puedo creer que me hayas convencido de hacer esto —dijo Layne.

—Lo prometiste —Claire se peinó el cabello con los dedos y se puso un poco más de brillo en los labios—. ¿Cuántos chicos crees que puedan interesarse en una chica que conocieron dentro de un baño? —preguntó sentándose.

—Esto es una trampa —Layne trató de evitar que las esquinas de su disfraz maltrataran el papel tapiz a cuadros de Ralph Lauren—. Si no está planeando algo humillante, ¿por qué nos haría esperar en un *baño?*

—No, confía en mí —Claire cruzó las piernas y mordió una Nerds Rope—. Quiere que la esperemos aquí para que nadie la vea hablar con nosotras.

—¡Ah!, bueno —Layne sacudió la cabeza—. Con eso ya me siento muuuuucho mejor.

Se acomodó los cojines. —Sabes, esto de conocer a chicos en un baño es algo que hacen las chicas que se escapan de sus casas. Siento como si nos estuvieran filmando para algún anuncio de servicio público.

En ese momento se escucharon unos golpecitos en la puerta del baño.

—Está ocupado —gritó Claire.

—No, soy *yo*, Massie.

—¡Ah!, pasa —Claire se levantó, y estaba a punto de pellizcarse las mejillas para darse algo de color cuando recordó que traía puesta una máscara.

Massie trató de abrir la puerta, pero se trabó con el disfraz de Layne.

—Esto es de lo más estúpido —dijo Layne al recobrar el equilibrio—. Yo me voy.

Ya se las había arreglado para pasar delante de Claire y estaba a punto de salir por la puerta cuando se topó con dos chicos altos, desgarbados y de cabello oscuro. Uno iba envuelto en espuma plástica gris y el otro iba todo de negro, con rollos de pan pegados a la ropa.

—Yo vengo de *Rock* —dijo el de gris—. Y él, de *Roll.*

—Que lo disfruten —dijo Massie, saliendo del baño.

—¡Huy! ¡Qué disfraces geniales! —dijo Layne dirigiéndose a la roca y tratando de darse una palmada en la rodilla, pero apenas alcanzó a alzar el brazo una media pulgada y tuvo que volver a bajarlo— ¿A que no adivinas qué soy yo?

—Claro que sí. Eres un costal de papas viendo televisión. He estado mirándote cómo tratabas de caminar metida en eso durante toda la noche. ¡Te debes estar *asando*!

Roll se carcajeó de la broma de *Rock* y chocaron las palmas en alto.

—¡Sí, me estoy *derritiendo*! —dijo Layne—. Claire, ¡esto es tan divertido!

A Claire no le pareció nada divertido. Más bien estaba preguntándose por qué Massie asumía que a *ella* le gustaban los rocanroleros de tercera. Quizá a Layne sí le gustara la "música alternativa", pero Claire era toda una chica pop.

—Me llamo Eli —dijo Rock—. Y él es Tristan.

—Hola —dijeron Claire y Layne al mismo tiempo.

—¿Alguien quiere ir a patinar? —preguntó Eli.

—¡Claro, vamos! —dijo Layne—. Y, por cierto, ¡me encanta el *rock and roll*!

—¿Les cayó la pedrada? —dijo Claire dirigiéndose a Tristan, esperando que la indirecta rompiera el hielo.

—¿Qué? —dijo él.

Claire no repitió la pregunta y sólo vio cómo Eli y Layne se alejaban hacia la pista de patinaje. Le daba vergüenza habérselas dado de "experta en chicos", cuando a Layne le había tomado menos de diez minutos conocer a su alma gemela "alternativa". En cambio, Claire hubiera preferido quedarse con su propio hermano que con Tristan.

—¿Quieres bailar? —le preguntó él.

—Sí, ¿claro? —dijo, aunque sonó más como pregunta que como afirmación.

Tristan le tendió la mano. Sus uñas brillaban con esmalte plateado, que hacía juego con las chispas plateadas de su delineador azul marino. Claire se inclinó y fingió ajustarse la correa de los zapatos para no darle la suya.

—¿Dónde consigues tu maquillaje? —preguntó Claire mientras se incorporaba.

—Es de mi hermana mayor —Tristan parecía orgulloso—. Me meto en su cuarto cuando ella se va a la escuela.

—¿*Normalmente*? —preguntó Claire—. ¿Quieres decir que el maquillaje no es parte de tu disfraz?

Tristan alzó una ceja e inclinó la cabeza.

—¿Cuándo fue la última vez que *tú* viste un rollo de pan con delineador en los ojos? —le preguntó Tristan.

Claire buscó señales en su rostro de que estuviera bromeando, pero él le sostuvo la mirada.

El animador puso *Get the Party Started,* de Pink, y Claire agradeció la distracción.

—¡Oh!, me encanta esta canción —dijo—. Vamos.

Claire lo guió, pensando que bailar con Tristan era mejor que quedarse sola, de pie. Pero en cuanto entraron a la pista, Tristan comenzó a retorcerse y a tironear como un enfermo mental tratando de quitarse la camisa de fuerza. Al principio Claire trató de no ponerle mucha atención, pero cuando los rollitos se le desprendieron del disfraz y comenzaron a volar, ya no pudo ignorarlo más.

—¿Qué haces? —preguntó Claire.

Claire se movía con más discreción que de costumbre. La gente *ya* los estaba observando y ella no quería llamar más la atención. Lo único que agradecía era que Massie no estuviera por ahí para presenciar el espectáculo.

—Tristan, si te mueves más rápido vas a viajar en el tiempo —dijo Claire.

Pero él no la escuchó. Estaba demasiado ocupado, expresándose. Claire pensó que no valía la pena hacer el ridículo de esa manera por ningún baile, así que dio un paso atrás al ritmo de la canción y salió corriendo hacia la mesa de los postres.

La fiesta de halloween
En las fosas de la desesperación
8:40 P.M.
31 de octubre

—Me *muero* por unos malvaviscos —dijo Massie sin dirigirse a nadie en particular. Dejó a Bean en el césped junto a la fogata donde estaban sentados Cam, Derrington y Vader.

—Yo también —dijo Dylan.

—Yo igual —dijo Alicia.

—Disculpen la invasión, pero esta fogata es la mejor para asar malvaviscos —Massie le sonrió a los chicos—. Me dijeron que es por la dirección del viento o algo así.

—Claro, no hay problema —dijo Vader, poniéndose de pie y alisándose la piel de gorila.

Massie puso tres malvaviscos en la punta de su tridente y empezó a tostarlos. Estaba de pie entre Alicia y Dylan, que estaban haciendo lo mismo. Parecían tres chicos en un urinario.

Derrington, Cam y su amigo Vader estaban sentados en las mantas, arrancando puñados de césped y contemplando los minúsculos shorts de las chicas, que decían *Bésalo*.

—Me encanta ver a una chica haciendo cosas de hombres —dijo Derrington, a la vez que se recostaba con las manos detrás de la cabeza.

Debido a su cabello rubio y despeinado y a sus ojos castaños, Massie pensó que parecía un perro labrador rubio.

—Bueno, pues eso pasa cuando no hay hombres de verdad cerca —dijo Massie.

Las chicas chocaron las palmas en alto.

—Ya perdiste, amigo —se rió Cam—. Te ganó esta mano —y rodó entre carcajadas.

Massie disimuló la sonrisa que comenzaba a dibujarse en su rostro. No quería que Cam supiera que su aprobación la hacía feliz, aunque así fuera.

—Cállate —dijo Derrington, y lanzó un malvavisco directo a la mejilla de Cam.

—¡Ay! —Cam contestó con otro.

En segundos los seis estaban en plena guerra de malvaviscos, que se empeoró cuando las chicas comenzaron a arrojar los que estaban recién tostados.

—¡Ay, mi cuello! —le gritó Cam a Massie, tratando de quitarse un malvavisco que se le había quedado pegado en la garganta. Cuando finalmente lo logró, salió volando y cayó en el césped.

—Ahora verás —dijo.

Cam abrió otra bolsa y comenzó un ataque a gran escala. Podría ser muy delgado, pero también era alto y fuerte, y siempre daba en el blanco.

La tormenta de malvaviscos no la dejaba ver, así que Massie lanzó los que le quedaban con los ojos cerrados. No se dio cuenta de que le había dado en la mejilla a la mesera vestida de ayudante del diablo y en la espalda al chico con disfraz de karateca. Pero no se habría sentido mal de todas maneras.

Massie oyó que su celular sonaba.

—Descanso —dijo.

—¿Hola? —dijo casi sin aliento—. Es Kristen —les dijo a sus amigas.

—¿Cómo estás, KRISTEN? Te extrañamos muchísimo —Massie volteó a ver a Derrington, para ver si reaccionaba al oír el nombre. Se moría por saber a cuál prefería.

—¿Alguien quiere saludar a KRISTEN? —Massie mostró el celular dirigiéndose a Derrington.

Vader comenzó a hacer chasquidos y sonidos de besos húmedos al oído de Derrington.

—¡Quítate! —Derrington lo empujó bruscamente.

—Déjame hablar con ella —Dylan tomó el teléfono—. Oye, supe que estabas llorando a gritos hace un rato. ¿Estás bien? —hablaba en voz alta, para que los chicos pudieran oírla—. Sí, no puedo creer que te hayan CASTIGADO… A mí me CASTIGABAN mucho de chica; pero ahora que soy *grande*, *nunca* me CASTIGAN.

Alicia le arrojó un malvavisco por la cabeza y todos estallaron en carcajadas.

—Derrick, basta —Dylan se rió en el teléfono.

—No fui *yo*, fue Alicia —dijo Derrington.

No importaba. Dylan arrojó el celular al suelo y abrió fuego contra Derrington.

Nadie se despidió de Kristen.

—Ya me aburrí de esto —dijo Alicia de pronto—. ¿Quién quiere jugar a la botella?

—Yo —dijo Vader de inmediato.

—Por cierto, ¿por qué te dicen Vader? —preguntó Massie tratando de posponer los besos. No le gustaba que Alicia fuera experta en algo que ella ni siquiera había probado. No quería que le dijeran puritana en su propia fiesta.

—¿Lo has oído respirar? —dijo Cam.

Massie se rió más de lo necesario.

—¿Alguien más quiere jugar? —preguntó Alicia, pero nadie respondió—. Vamos, chicos, es divertido.

—Yo sí juego.

Todos voltearon a ver quién había dicho eso.

Una chica guapísima estaba de pie, sola, junto a la fogata. La luz anaranjada de las llamas hacía brillar sus bellos ojos azules. El cabello rubio y ondulado le llegaba a la mitad de la espalda. Se veía como alguien que se pasa todo el tiempo en una playa de California, y el hecho de que estuviera disfrazada de surfista (con un traje húmedo bien ceñido al cuerpo) probablemente reforzaba esa imagen.

—Yo también —dijo Derrington de pronto—. Juguemos.

—Apúntenme también —dijo Cam.

—¡Oh!, *ahora* sí quieren jugar —le dijo Dylan a Massie entre dientes.

—Perfecto —dijo la chica, parpadeando por el fuego—. ¡Qué gusto verlos a todos!

—Sí, claro, qué gusto verte a ti también —dijo Massie. Se volvió hacia Dylan y se encogió de hombros. No tenía idea de quién era la extraña.

—¡Dios mío! —dijo Alicia—. ¡Olivia Ryan! No te reconocí. ¿Dónde has estado todo este semestre?

—Estuve muy enferma —dijo Olivia—, pero ya me siento mucho mejor —sonaba como si estuviera susurrando, pero no era así. Su voz siempre había sido muy suave.

Dylan tosió —*¡Se operó la nariz!*

—¡*Exacto!* —tosió Massie.

—Pues te ves superbién —dijo Alicia.

—Sí, algo *cambiada* —Massie estaba tratando de pensar a quién le recordaba Olivia.

Dylan le dio a Massie un suave codazo en las costillas y se echó a reír. Voltearon a mirar a Alicia para ver si se había dado cuenta de la operación de Olivia, pero no daba señales de haberlo notado.

—Bueno, ¿quién está listo para jugar? —preguntó Alicia. Parecía que tenía más ganas de reírse *con* Olivia que de reírse *de* Olivia, cosa que sorprendía mucho a Massie.

—Yo —Olivia alzó la mano.

—Voy a conseguir más gente —dijo Alicia.

—¡Okey! —Olivia aplaudió—. Te ayudo.

Las dos se tomaron del brazo y se dirigieron hacia la pista de baile.

—¿A quién me recuerda? —le preguntó Dylan a Massie.

—Ni idea —dijo Massie—. Yo estaba pensando lo mismo.

La verdad era que Massie tenía cosas más importantes en la cabeza. Si se extendía el rumor de que Olivia Ryan tenía más experiencia que ella con chicos, no podría soportarlo. Estaba a unos cuantos minutos de enfrentarse a una pandilla de chicos de séptimo grado ansiosos de jugar a la botella y estaba dispuesta a hacer lo que fuera con tal de detener el juego.

Sacó su celular.

MASSIE: PAREC Q DRRINGTON QUIR BSAR A
              OLIVIA

DYLAN: SOS!

MASSIE:	TINS Q DTNER EL JUEGO
DYLAN:	???
MASSIE:	LOS GÉRMENES D OLIVIA ☺
DYLAN:	CLARO! ☺

Dylan volvió a guardar su celular en la funda Louis Vuitton, luego se acercó a Derrington y a Cam y les dijo: —No estoy segura de que sea una buena idea jugar a la botella con alguien que ha estado la mitad del semestre con una enfermedad misteriosa que le cambió el rostro.

—¡Tienes razón! —dijo Massie—. Bien dicho.

—Sí, pero su enfermedad la hizo verse mejor que antes —dijo Vader.

—Por el momento —dijo Massie—, pero quién sabe qué efectos tenga eso con el tiempo —Massie vio que Olivia tomaba una botella de Perrier vacía de la mesa de los postres; se dio cuenta de que no le quedaba mucho tiempo.

—Yo voto por la salud —dijo Dylan mirando a Derrington, y alzó la mano.

—Yo también —dijo Massie—. Propongo que vayamos a escondernos en el baño que está fuera de servicio. Tendremos privacidad —y alzó las cejas seductoramente al decir "privacidad". No tenía idea de cómo iba a impedir lo de los besos, pero le quedaban unos segundos para pensarlo.

—Pues adelante —dijo Cam con una sonrisa pícara. Massie podía oler el Big League de uva que estaba masticando y se acercó a él para oler mejor.

—¿Y tú? —le preguntó Dylan a Derrington.

—Claro —dijo entre dientes—. Vamos.

Derrington siempre hablaba entre dientes, y era difícil para Massie saber si estaba aburrido o contento. Pero, cualquiera que haya sido su estado de ánimo, él iba con ellas.

—¡Ah!, ¿así que me van a dejar aquí para que pesque los gérmenes de Olivia? —gritó Vader—. Perfecto, gracias.

—¿Crees que Vader esté enojado de verdad? —le preguntó en voz baja Dylan a Derrington.

—No, ahora tiene a Alicia y a Olivia para él solito —dijo Derrington—. Más bien debería estar agradecido.

Dylan, molesta por su respuesta, se comió tres cuadraditos de chocolate Chunky en el corto camino hacia el baño. Era la primera vez que Massie la veía romper su dieta de alimentos crudos en toda la semana.

—¿A dónde crees que *vas*, guapa?

Massie se detuvo a mirar por encima del hombro. Dos chicos con vestidos estaban detrás de ella. El de la peluca negra era tan bajito y frágil que a Massie le recordó las muñecas de porcelana que coleccionaba de niña.

—Oímos que iban a jugar a la botella —dijo Todd—. ¿Te acompaño? —dijo, ofreciéndole el brazo a Massie.

Su amigo delgadito soltó una risita que sonó bastante extraña.

—Chicas, ¿no deberían estar buscando algunos *chicos* para besarlos? —dijo Massie.

Cam y Derrington se rieron.

—Disculpen, señoritas —dijo Dylan; luego jaló a Massie y ambas salieron corriendo hacia la cabaña.

Todos se metieron al baño y Cam cerró la puerta. Su colonia Drakkar Noir quedó flotando en el aire, y Massie tuvo que contenerse para no abrazarlo. Pasó la muñeca como por casualidad frente a Cam, esperando que su Chanel No. 19 le pareciera a él igual de encantador.

—Me pregunto cómo quedaría esto de oscuro si apagáramos la luz —dijo Cam con una voz tan suave que no lo hacía parecer pervertido, sino solamente curioso.

Apretó el interruptor y el baño quedó completamente a oscuras. Massie sintió que se llenaba de pánico. Parecía que le iba a estallar el corazón y se le humedecieron las manos.

"¡Dios mío! ¿Qué tal si trata de hacer algo conmigo?"

—Miren esto —dijo Massie haciendo girar el interruptor en la pared. Un foco se encendió en el techo y el baño brilló con luz roja—. ¿No es genial? Es una lámpara de calor. Ahora sí parece que estamos en el infierno.

Todos exclamaron con admiración, y luego siguió un silencio incómodo. La ocurrencia de Dylan empeoró la situación.

—¿Es cierto que te gusta alguien de nuestro grado? —le preguntó Dylan a Derrington. Mientras esperaba su respuesta, se puso a abrir y cerrar nerviosamente la llave del agua.

—¿Qué?

—Es que oí que te gusta Kristen desde que fuiste a la subasta de la OCD el mes pasado —agregó Dylan—. ¿Es verdad?

La estrategia de Dylan era arriesgada. Massie estaba impresionada.

—Bueno, pues… —comenzó a decir Derrington, pero entonces lo interrumpieron.

—¡MUERAN, MORTALES, MUEEEEERAN! —Alicia y Olivia entraron de golpe haciendo gestos para asustarlos.

Dylan, Derrington, Massie y Cam se abrazaron por parejas,

y gritaron con todas sus fuerzas.

—¡Vamos tras ellas! —gritó Cam empujando a Massie para correr detrás de Alicia y Olivia, quienes salieron corriendo y gritando. Derrington lo siguió.

Dylan se había quedado muda mirando a Olivia corretear por el jardín con su entalladísimo traje de surfista, mientras las miradas hacia ella aumentaban con cada una de sus zancadas.

—Bueno, pues aquí tenemos a *alguien* que sí le gusta que la persigan —le dijo Massie a Dylan, mirando a la sensual trigueña y a su nueva acompañante rubia acercarse a sus admiradores.

—¿*A quién* me recuerda? —volvió a preguntar Dylan.

—¡Ya sé! —dijo Massie—. Es igualita a una modelo de Steve Madden. Ya sabes, las que tienen una cabezota gigante y un cuerpecito enano.

—¡Claro!

—Y también me recuerda otra cosa.

—¿Qué?

—A un cadáver.

La fiesta de halloween
En la mesa de los postres
9:25 p.m.
31 de octubre

Claire estaba de pie al borde de la pista de patinaje, mirando a Layne patinar y coquetear con un chico disfrazado de roca. Ya estaba cansada de mirar nada más cómo los demás se divertían.

Unos minutos después, cuando Layne se tropezó con alguien disfrazado de chocolate Reese y salió volando por el aire, Claire sonrió por fin. De inmediato se sintió culpable por reírse del accidente de su amiga, pero no pudo evitarlo. Layne ni siquiera *quería* conocer a un chico y lo había logrado sin proponérselo. ¡No era justo! De alguna manera, la ridícula caída de Layne había vuelto a poner las cosas en su lugar. Además, los cojines que llevaba alrededor del cuello habían amortiguado la caída. No estaba lastimada, sólo humillada.

Eli trató de ayudar a Layne a levantarse, pero sus disfraces seguían estorbando; así que no pudo tomarla bien del brazo y, después de varios intentos fallidos, Layne acabó por gatear para salir de la pista.

—Hola, Bombón.

Claire escuchó una vocecita, volteó y se encontró con la mirada de Nathan, cuyo vestido verde estaba manchado de chocolate.

—Hola, Bellota —dijo suavemente. Algo tenía ese chico tan bajito que hacía que todos usaran una vocecita infantil para hablarle—. ¿Por dónde anda Burbuja?

—Está escondido entre las plantas, arrojándole Smarties a Massie desde hace un rato.

Claire sacudió lentamente la cabeza.

—¿Quieres ir a que nos dibuje el caricaturista? —preguntó Nathan lleno de entusiasmo.

—Claro, por qué no.

Claire pensó que su vida social había alcanzado el nivel más bajo posible mientras caminaba por el jardín con el casi enano amigo de su hermano.

Encontraron al caricaturista en el porche de piedra, junto a la entrada lateral de la casa.

Cuando vio que se acercaban Bombón y Bellota, se llevó la mano al corazón y sonrió.

—¡Pero qué adorables! —exclamó—. Vengan, siéntense aquí junto a mi.

—¿Estás seguro de que quieres hacer esto? —dijo Claire entre dientes.

—Sí —contestó Nathan con su vocecita.

—¡Hola! —dijo el artista—. Me llamo Jules Denver.

Aunque Claire notó sus manos secas y llenas de tiza cuando le tendió la mano, lo saludó y luego se la limpió en el vestido cuando él no miraba.

Jules tenía el cabello canoso en capas, y Claire pensó que había sido peinado por un profesional. Tenía una nariz grande y bulbosa y los ojos tan hundidos que parecían pequeñas grietas. A Claire le pareció que los exagerados rasgos de Jules se veían igual a las caricaturas de muestra envueltas en plástico que tenía junto al caballete.

—Creo que se verían divinos si tu amiguito se sentara en tu regazo para el retrato —le dijo a Claire.

—Pero, ¿no crees que así voy a parecer más bien una ventrílocua? —preguntó Claire con toda amabilidad—. Quizá sea mejor si nada más me paro detrás de él.

—Como *quieras* —la sonrisa de Jules se borró—. Miren hacia allá —dijo, señalando con su marcador mágico rojo hacia el enorme roble del que colgaban los maniquíes—. Y no se muevan.

Un apretado grupo de cinco chicas disfrazadas de ratones conversaban bajo el árbol, cubriéndose la boca con las manos. Claire estaba tratando de captar algo de lo que decían cuando vio a un chico muy guapo con cabello negro y alborotado, vestido de futbolista, que pasó corriendo junto a ellas. Iba mirando por encima del hombro, como si lo estuvieran persiguiendo, aunque no había nadie detrás de él.

—Seguro comió demasiados dulces —le dijo Claire a Nathan, pero Nathan no respondió.

—Callados —dijo Jules.

Claire deseó que Layne estuviera ahí porque a ella le habría parecido divertido lo que decía.

—Mira otra vez hacia el árbol, querida —dijo Jules.

Cada vez que Jules miraba el papel donde dibujaba, Claire trataba de ver, sin mover el rostro, por dónde iba el futbolista. Finalmente lo localizó. Venía justo hacia ella.

—¡Cuidado! —exclamó Claire.

Era demasiado tarde. El futbolista se cayó encima de Jules y lo derribó sobre el caballete.

—¡Un médico! —pidió Jules, tirado en el suelo y rodeado

por todos lados de marcadores mágicos y caricaturas.

—Lo siento, amigo —dijo el futbolista, levantándose—. No te vi. De veras lo siento.

Claire y Nathan hicieron un gran esfuerzo para contener las ganas de echarse a reír.

—¡Muy graciosos! —dijo Jules con un gruñido—. Creo que me rompí la cadera.

—Mejor nos vamos —dijo Claire, levantándose—. Que te mejores.

Bombón, Bellota y el futbolista se rieron a carcajadas en cuanto se alejaron de Jules.

—Perdón por echar a perderles la caricatura —dijo luego el futbolista.

—¡Al contrario! Me salvaste la vida —dijo Claire.

—¡Qué bien! —respondió él sonriendo. A Claire le gustó su voz suave y de pronto le entraron ganas de oírlo decir su nombre en ese mismo tono.

—Soy Claire —dijo—. Y éste es Nathan, el amigo de mi hermano —dijo señalando al suelo, pero no había nadie a su lado—. Bueno, *era* Nathan. Qué curioso, ni siquiera noté que se había ido.

—Yo soy Cam —dijo. Sus labios rojos y su cabello negro la hicieron pensar en Blanca Nieves, pero de una manera completamente masculina.

—¿De quién te estabas escapando? —preguntó Claire.

—De esas dos chicas, Alicia y Olivia. Pero creo que ya me perdieron de vista.

—¿Y eso es bueno? —siguió Claire.

"Por favor, di que sí, di que sí."

—Sí —suspiró—. Digo, son simpáticas y todo, pero un poco aceleradas para mi gusto, ¿sabes?

—Son muchas cosas, y todas son buenas razones para huir de ellas.

Cam se rió con ganas.

—¿Te estás divirtiendo en mi fiesta? —preguntó Claire.

—¿Es *tu* fiesta? Creí que era de Massie.

Claire luchó contra el impulso de sonar enojada.

—La organizamos juntas —dijo—. Yo vivo allá —y señaló la casita de piedra con fantasmas de cartón en la puerta.

—¿En serio? —sonaba sorprendido—. Así que *tú* eres la chica nueva.

—Pues… sí —no sabía qué iba a hacer después de decir eso. Él no hizo nada más que mirarla con esos ojos, cada uno de distinto color.

—¿Qué pasa? —Claire jaló la liga para el cabello que traía en la muñeca hasta que le dolió.

—Es que oí hablar de ti, nada más —dijo Cam—; pero no te preocupes, eran cosas buenas.

Claire se moría por preguntarle *qué* había oído, *quién* se lo había dicho y *cuándo* se lo habían dicho, pero no lo hizo porque no quería sonar ansiosa.

—Qué bien —dijo.

Después de un silencio incómodo, Cam habló.

—Massie me cae bien. Estuve con ella en la subasta y me pareció muy simpática; digo, para ser de la OCD, ya sabes —y le dio un suave codazo.

Claire dejó escapar una risita.

—Yo también estaba en la fiesta —dijo Claire—, pero seguramente estabas tan ocupado coqueteando con Massie que ni cuenta te diste.

El chico se metió las manos en los bolsillos y sonrió tímidamente.

—Parece que a alguien por aquí le gusta Massie Block —dijo Claire, esperando que no se le notara la desilusión.

Pero no pudo saberlo, porque Cam se quitó el cabello ondulado de los ojos y de inmediato cambió de tema. Miró hacia la pista de baile, donde todos aplaudían a un chico regordete y semidesnudo que revoloteaba su camisa sobre la cabeza al ritmo de la música.

—¿Quieres ir a ver qué hacen por allá?

—Claro —dijo Claire—. Pero no te prometo que me vaya a gustar.

Cam se rió, y Claire mostró su mejor sonrisa. Le daba gusto que compartiera su sentido del humor y quería que él lo supiera. De hecho, quería que él supiera muchas más cosas sobre ella; pero si le gustaba Massie, probablemente le gustaban las chicas que se hacen las difíciles. Claire decidió actuar como si estuviera un poco aburrida mientras bailaban.

—¡Feliz Halloween a todos! —gritó el animador—. ¿Se están divirtiendo? —todos aplaudieron y gritaron—. Me queda una canción y quiero que la disfruten de verdad. ¿Creen que podrán?

Varios alzaron el puño y todo el mundo arrojaba puñados de dulces al aire.

—Perfecto —dijo el animador, mostrando su empalagosa sonrisa—. Tengo dos certificados de iTunes y se los voy a dar a la pareja que ejecute los mejores pasos —y mostró dos sobres blancos.

—Son nuestros —le dijo Cam a Claire, limpiándose las manos en sus pantalones de futbolista.

En cuanto se oyeron las primeras notas de *Hot in Here*, de Nelly, hubo una algarabía general. Chicos y chicas por igual, arrojaron sus máscaras, colas, sombreros, capas y zapatos a un lado de la pista de baile.

Los papás encargados de llevar a los grupos de chicos de regreso a casa ya estaban cansados y empezaron a buscarlos; pero no se atrevían a entrar y sacarlos a rastras de la pista antes de que acabara la última canción. Hablaban entre ellos, con los brazos cruzados y las llaves del auto en la mano.

Claire, desesperada por impresionar, hizo unos cuantos saltos de gimnasia y unos pasos moviendo el trasero que había copiado de videos musicales. Estaba tan concentrada, que tenía que acordarse de voltear a ver lo que Cam hacía. Cuando él no la miraba, se secaba el sudor de la frente y lo admiraba.

Se veía como un vaquero de las viejas películas del Oeste que su papá y Todd veían. Ponía las manos al frente, con los índices apuntando como si fueran pistolas, y a cada compás de la música, Cam "disparaba" con los pulgares. Se movía al ritmo de la canción sin siquiera despegar los pies del suelo.

Todd y Nathan correteaban y se empujaban mutuamente sobre las chicas bonitas, y en cuanto les caían encima, salían corriendo, para que las parejas de las chicas no pudieran localizarlos.

Dylan, Alicia y una chica rubia que Claire nunca había visto antes estaban del otro lado de la pista rodeadas de un grupo de chicos que daban vueltas. Claire notó que volteaban a verla y señalaban a Cam. Era claro que estaban impresionadas por su compañero de baile, lo cual la motivó a bailar todavía mejor. Si tan sólo Massie hubiera estado ahí para verla; pero no la veía por ningún lado, así que esperaba que Dylan y Alicia le contaran.

La música por fin terminó; los papás se miraron con alivio.

—Y los ganadores del concurso de baile de esta fiesta son —el animador puso un efecto de batería—… ¡el futbolista y la Chica Superpoderosa!

Todo el mundo aplaudió, pese a la decepción.

Todd y Nathan parecían sorprendidos, pero halagados, y se dirigieron a la cabina del animador para recoger su premio.

—¿Qué haces *tú* aquí? —le preguntó Claire a su hermano.

—Vine por lo que me corresponde —dijo, y Nathan extendió su pequeña mano por delante de Cam y trató de tomar los sobres de la mano del animador.

—Fuera de aquí, ratoncito —dijo el animador, alzando los sobres por encima de la cabeza y fuera del alcance de Nathan.

—Vete, o no haré tu tarea de matemáticas —le dijo Claire a Todd al oído.

—¡Mira, Nathan, hay dulces tirados en el suelo! —exclamó Todd de repente.

Y los dos se fueron a recoger dulces.

Cam estaba tan contento que abrazó a Claire frente a todo el mundo. Y se puso todavía más feliz cuando ella le dio su certificado de regalo.

—¿Estás segura? —preguntó Cam, tomando el sobre de la mano sudorosa de Claire.

—Totalmente. Ni siquiera tengo iPod —pero Claire sabía que se lo habría dado de todas maneras, aunque lo tuviera.

Habría hecho cualquier cosa para hacerlo sonreír así.

—Bueno, entonces te voy a quemar un disco increíble con todas las canciones que baje —Cam se guardó los dos sobres en el bolsillo.

—Ya me tengo que ir —dijo—. Gracias por la fiesta. Me divertí mucho.

—Qué bueno —fue lo único que se le ocurrió decir a Claire. Buscó su cámara y, aunque Cam ya se había alejado y le daba la espalda, le tomó rápidamente una foto.

Los amigos se despedían abrazándose, mientras los papás recogían partes de los disfraces.

Massie estaba en la puerta despidiendo a sus invitados, que le agradecían por la maravillosa fiesta. Nadie se detuvo a agradecerle a Claire; pero ella no dejó que eso le aguara la fiesta, que se había cerrado con broche de oro gracias a Cam. Se moría de ganas de contarle a Layne que ya no era, para nada, una "chica depre".

Cuando finalmente se fueron los últimos invitados, Claire se quitó la peluca y se dirigió a la casa de huéspedes. Lo único que quería era ducharse y tirarse en la cama.

—¿A dónde crees *tú* que vas? —Massie la llamó. Se estaba poniendo un par de guantes de hule amarillos y llevaba una enorme bolsa verde para la basura—. Mi mamá dijo que tenemos que recoger la comida para que los mapaches no invadan el jardín.

—¡Ah!, *ahora* sí soy tu coanfitriona —dijo Claire. El aire fresco le refrescó el cuerpo, y por primera vez en toda la noche sintió frío.

—Se supone que Landon se iba a ocupar de esto, pero ya se

fue —dijo Massie—. Seguramente se acabó el café o algo así.

Claire suspiró, se quitó la liga de la muñeca y se recogió el cabello en una coleta.

Caminaron juntas por el jardín recogiendo chocolates aplastados, vasos desechables y restos de disfraces. Cuando Massie se agachó a recoger una nariz plástica, Claire le echó un ojo rápidamente a la foto que había tomado de Cam. No se le veía el rostro, pero sus piernas se veían muy bien. Se moría de ganas de enviarles la foto por correo electrónico a sus amigas de la Florida.

—Entonces, ¿qué te pareció ese chico? —le preguntó Massie a Claire.

—Pues me gusta mucho —dijo Claire, sintiendo cómo se le enrojecía el rostro.

—No me sorprende —dijo Massie—. Tienen el mismo gusto en maquillaje.

—¿Qué?

—Y parece que Layne y Eli también se gustaron, y mucho —siguió Massie—. Los vi tratando de besarse cuando se despidieron, pero nunca pudieron hacer contacto por sus disfraces.

Claire se dio cuenta de que Massie hablaba de Tristan y no de Cam, pero decidió no aclararle el error. Mientras menos supiera Massie del asunto, más segura estaría Claire.

—¿Y tú? —preguntó Claire— ¿Alguien que te gustara hoy?

—Para nada —sacudió la cabeza con fuerza—. Estaba ocupada tratando de que mis amigas no se mataran. Me pasé la mitad de la fiesta en el celular, escuchando llorar a Kristen por un tonto que usa shorts aun en invierno. Por eso me perdí el concurso de baile.

Claire estaba a punto de decirle que ella lo había ganado, pero se contuvo a último momento.

—En realidad, tienes suerte de no tener amigas —dijo Massie—. ¡A veces pueden ser tan depre!

—Tengo miles de amigas en la Florida —dijo Claire.

Massie no respondió. Estaba muy ocupada despegando un malvavisco pegado en la mesa de los postres.

—No puedo creer que Alicia y Olivia se fueran sin despedirse de mí —dijo Massie, echando una botella vacía de San Pellegrino en la bolsa de la basura.

—¿Quién es Olivia?

Massie parecía demasiado metida en sus pensamientos para explicarle.

—Bueno, pues supongo que las amigas son como la ropa y no pueden estar *de moda* para siempre —dijo, suspirando.

—Eso es lo más triste que he oído en mi vida —dijo Claire.

—¿Qué?

—Nada, estaba cantando.

Claire quería preguntarle a Massie si lo había dicho en serio, pero ni se molestó. Ya sabía la respuesta.

—¿Y *de qué* será esta asamblea de emergencia? —le preguntó Massie a Kristen en voz baja.

Había sido un maravilloso fin de semana, lleno de dulces sobrantes de Halloween y chismes de la fiesta. Nadie estaba de humor para un sermón matutino ese lunes. Las estudiantes de séptimo grado caminaban por el pasillo alfombrado del auditorio de la escuela. Massie, Kristen y Dylan iban justo al final de la fila.

—Me dijeron que era por la petición que hizo Dori —dijo Kristen—. Supuestamente las señoras de la cafetería se molestaron, porque deben hacerse manicura antes de servir comida a menores de edad. Y todo el mundo firmó.

—*Alguien* tenía que decirles —Massie se llevó un mechón de cabello a la nariz para oler su champú de Aveda. Hacía bastante tiempo que las puertas del Auditorio Sagamore no habían sido abiertas; el olor a encierro que guardaba la alfombra flotaba en el aire.

La directora Burns estaba ya en el podio y tenía en la mano la temida bolsa de terciopelo. Una por una, las chicas dejaban ahí su celular antes de pasar a sentarse. El "bloqueo de celulares" era la medida más reciente tomada por la directora para silenciar el concierto de celulares que sonaban sin parar e interrumpían las asambleas. Y también significaba que todas tenían que aguantar sus aburridos discursos sin poder distraerse enviando mensajes de texto. Massie siempre se aseguraba de que el suyo fuera el último en caer en la bolsa para que no se maltratara.

De camino a su asiento, Massie se aflojó las bufandas rosa, gris y violeta de cachemir que llevaba al cuello. Se preguntaba si Claire había sufrido con la apuesta tanto como ella esa mañana. Al revisar con la vista todo el salón, se le dibujó una media sonrisa en el rostro al ver a dos de sus imitadoras con el horrible conjunto rojo y amarillo mostaza que había tenido que ponerse para el desfile de la vergüenza el viernes pasado. Parecía que todas estaban buscando inspiración para vestirse a la moda. Y Massie podía decir con bastante seguridad que Claire había encontrado la suya en el desván de Layne. La falda de gamuza con parches estilo años setenta y la camiseta amarilla con la leyenda *Feeling Groovy* que llevaba la delataban.

Massie se acomodó en un asiento acolchado entre Kristen y Dylan, quienes habían dejado, a propósito, un lugar libre entre ellas para evitar sentarse juntas.

Alicia llegó en ese momento, pero apenas le dirigió la palabra a las otras tres, pues estaba muy ocupada conversando con su nueva mejor amiga, Olivia, sobre todos los mensajes de correo electrónico que Derrington les había enviado durante el fin de semana.

—¿Y qué tal eso de sus letras "D"? —dijo Alicia.

—¿Te refieres a que todas las "D" están en rojo? —preguntó Olivia—. Sí, ¿por qué será? ¿Crees que es un problema de su computadora?

—No, es porque su nombre empieza con "D" y quiere ser original —Alicia sonaba confundida: no entendía si Olivia hablaba en serio o no.

Massie las miró haciendo una mueca de hastío. Le parecía imposible que Olivia fuera tan tonta y se preguntaba por qué Alicia no se burlaba de ella. Normalmente, Massie habría preguntado qué sucedía, pero le estaba aplicando la ley del hielo a Alicia por no haberse despedido de ella la noche de la fiesta.

Todas estaban enojadas.

Kristen miraba feo a Dylan por coquetear con Derrington cuando ella llamó por teléfono durante la fiesta de Halloween. Dylan estaba enojada con Kristen porque le gustaba Derrington, aunque apenas se conocían. Y las dos estaban enojadas con Alicia por escribirse por correo electrónico con Derrington, aunque Alicia decía que *él* había empezado. Y todas podían haber estado enojadas con Olivia, pero no les caía lo suficientemente bien como para molestarse por eso.

—Bueno, chicas, cálmense —dijo la directora, ajustando el micrófono del podio al fondo del auditorio. Pasó la mirada por todo el salón, sin mover ni un músculo del cuerpo. Todas pensaban que parecía un buitre.

—Iré al grano —dijo la directora Burns—. La semana pasada hubo serias violaciones al reglamento.

Massie se volvió a ver la reacción de Dori y, tal como sospechaba, la chica sonreía satisfecha, como si acabara de ganar el primer premio en *American Idol.*

"¿Por qué no se me ocurrió hacer una petición?"

—Lo que comenzó con unas cuantas chicas sedientas de atención, contoneándose con atuendos de muy mal gusto, se extendió por toda la escuela como un virus —dijo la directora—. Y a la hora del almuerzo todo el séptimo grado tenía clasificación "R" por desnudez frontal.

La sonrisa de Dori se apagó, y la de Massie se encendió.

Massie buscó su celular para mandarle un emocionado mensaje de texto a Kristen y Dylan; pero recordó que estaba en la bolsa de terciopelo.

"¡Maldición!"

Forzada a comunicarse a la antigua, Massie le clavó las uñas en el muslo a Kristen, quien le respondió pellizcándole el brazo.

—Poco después un grupo de papás, bastante molestos, convocaron a una reunión de emergencia de la junta directiva, que duró cinco horas e impidió que yo fuera a ver a mi único hijo con su PRIMER DISFRAZ DE HALLOWEEN: se había disfrazado de pajarito.

Massie, Alicia, Kristen y Dylan se taparon la boca para no reírse. Algunas alumnas soltaron risitas nerviosas, pero se quedaron calladas en cuanto la directora les clavó los ojos.

Después de una dramática pausa en la que respiró hondo, la directora continuó: —Y finalmente llegamos a una decisión.

Dylan pasó el brazo por detrás de su asiento para jalarle un mechón de cabello a Massie, y ella respondió jalándole por detrás su inmaculado cuello blanco. No tenían ni idea de qué iba a hablar la directora Burns, pero su tono les daba mala espina.

—Lamento mucho tener que comunicarles… —hizo otra pausa y los murmullos se difundieron por todo el auditorio. La directora se aclaró la garganta y siguió hablando. — …que a partir de este momento, la Octavian Country Day va a ser una escuela de UNIFORME. La encargada del departamento de moda, Pia Vogel, les dará más detalles al respecto porque, francamente, yo estoy demasiado molesta para hablar.

Se oyó un coro de "¡no puede ser!" y "¡no es justo!", pero la directora Burns se aclaró la garganta y volvió a tomar control de la situación.

—No sé quién me decepcionó más, si las chicas que comenzaron todo esto o las que corrieron a imitarlas —dijo antes de bajar del podio.

El ruido que hacían las alumnas al moverse en sus asientos para mirar a Massie llenó el auditorio, y ella sintió una incómoda ola de calor. Por primera vez en su vida no quería ser el centro de atención; pero, lamentablemente, lo era.

Por el momento Massie estaba a salvo. La pared del último cubículo del baño de los maestros era lo único que se interponía entre ella y un grupo de furiosas estudiantes de séptimo grado. No estaba segura de cuánto la culparían sus compañeras por lo sucedido, y no era tan tonta como para quedarse en el auditorio para averiguarlo. En cuanto la directora Burns dio unas palmadas para dar por terminada la asamblea, Massie se apresuró a escurrirse en medio de la multitud y escapar por la salida de emergencia sin que la descubrieran. Estaba tan desesperada por huir que dejó su celular en la bolsa, pensando que lo mejor era comprarse uno nuevo al salir de clases. Por lo menos había conservado su PalmPilot. Había mucho que decir.

ESTADO ACTUAL DEL REINO

IN	OUT
ALICIA Y OLIVIA	MASSIE, KRISTEN, ALICIA Y DYLAN
UNIFORMES	LIBERTAD, LIBRE EXPRESIÓN,
	ESTILO PERSONAL
MASSIE: SE BUSCA VIVA	YO
O MUERTA	

Massie se imaginó que un grupo de chicas furiosas, vestidas de uniforme, la corrían de su mesa en la cafetería, y entonces tendría que comer con los maestros para que la protegieran. Trataba de contener las lágrimas cuando se abrió la puerta del baño y alguien entró. Massie se subió a la tapa del inodoro, tomando con la mano los dijes de su pulsera para que el tintineo no la delatara.

Hizo un gran esfuerzo por quedarse quieta, y casi dejó de respirar. La intrusa no estaba usando el baño ni lavándose las manos, y no había razón aparente para que estuviera ahí.

"Vete", pensó. "¡FUERA DE AQUÍ!"

Estar en esa incómoda posición la desesperaba. Aborrecía que la siguieran y hubiera preferido que la descubrieran a seguir en esa incómoda situación que agotaba su paciencia, por no hablar de lo *a-bu-rri-da* que se sentía. Se bajó con el mayor cuidado del mundo, se levantó el cabello y se agachó para asomarse por debajo de la puerta.

Sintió cómo se le subía la sangre a la cabeza; pero esa incomodidad era lo que menos le importaba, especialmente cuando vio quién estaba del otro lado.

—¡Oh! —gritó Massie cuando vio el enorme ojo azul que la estaba mirando.

—¡Oh! —gritó también el ojo.

Y no parecía el ojo de ninguna maestra, porque no tenía grumos de rímel en las pestañas.

—Abre la puerta —dijo el ojo.

Massie reconoció esa voz de ardilla. Era Claire.

—¿No hay moros en la costa? —preguntó Massie.

—No, nadie —dijo Claire en voz baja—. Todos los maestros

están afuera, tratando de contener la protesta.

—¿Qué protesta?

—Layne está encabezando una marcha por la reforma del uniforme. Ven a echar un vistazo. La puedes ver desde la ventana.

Massie abrió la puerta, sin siquiera molestarse en asomarse a la ventana.

—¿Todas quieren matarme? —preguntó Massie.

—Bella y Gabby dijeron algo así como que iban a buscarte para colgarte del asta de la bandera con tus tres bufandas; pero creo que puedes con ellas. Kristen y Dylan están preocupadas...

—¿Y Alicia? —preguntó Massie— ¿Me está buscando? —y de inmediato se arrepintió de haber preguntado.

—No —dijo Claire—. Está con Olivia en el quiosco de Starbucks; las vi cuando venía para acá. Por cierto, aquí tienes tu teléfono.

Claire le entregó el celular. Massie pensó que era el gesto más amable que alguien hubiera tenido con ella en la vida, pero no dijo nada.

—Vine sola, no tienes de qué preocuparte —Claire hablaba casi como si le leyera el pensamiento—. Te vi huir por la salida de emergencia —dijo con una gran sonrisa sincera —. ¿No te parece de lo más divertido que ahora estaremos vestidas exactamente de la misma manera todos los días?

Massie tuvo que contenerse para no arrojarle el celular a la cabeza. Si no hubiera pasado tres horas del fin de semana pegándole pedrería violeta, lo habría hecho.

—Preferiría seguir con la apuesta por otro año antes que

tener que usar la misma blusa blanca dura y la falda escocesa que da comezón, como todas las demás —Massie comenzó a rascarse las piernas con sólo pensarlo.

—Pues tú deberías diseñar los uniformes —dijo Claire—. Eres la que mejor se viste en toda la escuela y siempre sacas las mejores calificaciones en la clase de diseño.

Massie sintió que el rostro se le encendía de alegría. "Qué buena idea", pensó. "Así todas llevarán algo creado por mí. Me convertiré en leyenda".

Massie se preguntó qué clase de logo pondría en su etiqueta. ¿Quedaría mejor una pequeña corona o una foto de Bean? ¿Crearía su línea exclusivamente para las estudiantes de la OCD u ofrecería sus creaciones al público en general? Eso impresionaría a Cam, ¿o no?

—Voy a hablar con Pia —dijo, tratando de ocultar su entusiasmo—. Apuesto a que me dejará hacerlo. Mis papás donan tanto dinero a la OCD, desde siempre. Y, si quieren más, puedo pedirle a mi papá que construya un estudio de diseño o algo así. Por cierto, ¿por qué me seguiste hasta aquí?

—No sé —dijo Claire—. Creí que necesitarías a una amiga.

—Por-fa-vor, Claire, y tú, ¿qué ganas con eso?

—Una amiga.

La respuesta de Claire era tan pura y simple que la tomó de sorpresa. Massie se cruzó de brazos y entrecerró los ojos, buscando signos de falta de sinceridad en el rostro de Claire, sin poder encontrarlos.

—Si quieres puedes venir a casa después de clases para que me ayudes con algunas ideas de diseño —Massie se sorprendió al oír salir esas palabras de su propia boca.

Claire se veía tan sorprendida como ella. Ambas se quedaron inmóviles, preguntándose si habían imaginado lo que Massie había dicho unos segundos antes.

—Ya sabes, por nuestras mamás, por supuesto —dijo Massie, colgándose su bolsa de Prada al hombro—. Quizá finalmente consigas tu celular.

—Vale la pena intentarlo de nuevo —dijo Claire.

Massie salió primero del baño hacia el campo de batalla, para pelear por algo en lo que creía profundamente: su estilo.

Massie esperó a que Alicia, Kristen y Dylan echaran la cantidad necesaria de edulcorante y canela a sus cafés *latte* antes de soltarles la nueva.

—Solicito autorización para veinte puntos de chisme —dijo soplando como si nada su té *chai*.

—¿*Veinte* puntos? —exclamó Alicia—. Eso significa que, o tienes una copia del examen de ciencia o Britney se casa de nuevo y nos conseguiste invitaciones.

—¿Britney Foster se *casa?* —preguntó Olivia—. Pero si tiene un año menos que *nosotras*.

—NO, Britney Sp...

—¡Ah!... Qué graciosa es, ¿verdad? —interrumpió Alicia; pero nadie se rió.

—Mi noticia se dará a conocer al público en una asamblea mañana temprano; pero si quieren enterarse ahora mismo, les costará veinte puntos —dijo Massie.

—Listo —dijo Dylan.

—Listo —dijo Kristen.

—Listo —dijo Alicia.

—Listo —dijo Olivia.

—¿Hay un eco por ahí? Porque creí escuchar un "Listo" de más —Massie miró a su alrededor. Si le hablara a Alicia, le habría preguntado qué hacía Olivia ahí—. Bueno, la cosa es que después de la asamblea con la directora, cuando todas estaban protestando...

—Sí, ¿dónde *estabas?* Te buscamos por todas partes, pero no había ni un rastro de ti —dijo Dylan.

—Fui a la oficina de Pia Vogel a decirle *algo* sobre este asunto del uniforme —Massie decidió saltarse la parte en la que se escondió en el baño.

Massie tampoco les contó que le había propuesto a Pia diseñar el uniforme, porque la respuesta había sido negativa. Así que optó por contarles solamente cómo había terminado la conversación.

—Pues luego de un tira y afloja, Pia finalmente aceptó organizar un concurso para diseñar el uniforme de la escuela. Incluso dijo que va a hablar con los editores de *Teen Vogue* para pedirles que publiquen un artículo sobre la ganadora. Habrá un desfile el sábado y ahí se hará la votación.

—¡Qué bien! —Olivia aplaudió y brincó, pero se detuvo cuando se dio cuenta de que nadie compartía su entusiasmo.

—¿Esta semana? Eso no es realista —Kristen se frotó los ojos—. ¿Cómo vamos a diseñar un uniforme tan rápido?

—Ya lo sé, es terrible, pero quieren que lo usemos ya, de inmediato —explicó Massie—. Traté de impedirlo, pero Pia no se ablandó.

—Esto está fatal —dijo Kristen—. Lo último que necesito es más tarea para esta semana.

—Sí —Dylan frunció el entrecejo—. Tengo como treinta horas de programas grabados en mi TiVo que no he podido ver. ¿Y ahora tengo que aprender a coser?

Massie estaba decidida a venderles la idea, ya que era responsable de haber iniciado todo el desastre.

Se rió con ganas.

—¿Qué te da tanta risa? —preguntó Alicia—. Ellas tienen razón, todo este asunto es una pesadilla.

—Chicas, ¡cómo me hacen reír! —dijo Massie—. Me encanta cuando fingen que no han entendido de qué se trata. Y casi les creo.

Olivia se veía aliviada.

—Kristen, tú deberías ser la más feliz con lo del concurso. Así ya nunca más tendrás que cambiarte de ropa en el auto antes de llegar a la escuela. Y si ganas el concurso y tu diseño se convierte en el uniforme, tu mamá *tendrá* que dejar que lo uses —dijo Massie y los ojos azul oscuro de Kristen brillaron con la idea.

—Y tú, Dylan, deberías pedirle ayuda a Philippe, el encargado del vestuario de tu mamá. Y no tendrás ni siquiera que tocar una sola tela.

Massie notaba cómo sus amigas iban aceptando la idea.

—Alicia, el otro día dijiste que querías que más gente se vistiera como tú. Si ganas el concurso, todas lo *harán*.

Era la primera vez que Massie se dirigía directamente a Alicia en toda la mañana.

—Cuando salí de la oficina de Pia, estaba haciendo un pedido de camisetas con la leyenda "La OCD pone la U de Uniforme" —dijo Massie—. Quiere regalarlas al final del desfile.

—Pues incluso suena divertido —dijo Dylan.

—Mereces más de veinte puntos por esto, Mass —dijo Kristen—. Nos salvaste.

—Y esto también significa que solamente nos queda un par de semanas para usar ropa nueva de otoño —dijo Alicia, con una sonrisa.

—Hablando de eso, necesito que me regresen todo lo que les he prestado en los últimos seis meses —dijo Massie mientras se ajustaba las tres bufandas—. Estoy desesperada por ponerme algo distinto.

Las chicas asintieron. Si tan sólo Massie pudiera deshacerse de Olivia y evitar que Derrington se interpusiera entre sus amigas. Y justo entonces, como si le hubieran enviado una señal, el teléfono de Alicia comenzó a vibrar.

—Mira, es de Derrington —Alicia le mostró la pequeña pantalla a Olivia—. Pregunta qué estamos haciendo.

—¡Qué lindo! —Olivia se recogió el cabello y se lo echó hacia atrás.

Kristen y Dylan voltearon a mirarse instintivamente e hicieron una mueca de hastío; pero de inmediato miraron hacia otro lado al acordarse de que no se hablaban.

—Massie, está preguntando si estás por aquí —dijo Olivia fijándose en la pantalla.

"¿Por qué no era Cam el que llamaba?", pensó Massie.

—Massie, quiere agradecerte por la fiesta —dijo Alicia—. Dice que se divirtió como un enano.

—Ya me había dado las gracias, así que se me hace que tú estás poniendo palabras en su boca —pero Alicia se perdió la ingeniosa respuesta de Massie por estar demasiado ocupada contestando los mensajes de texto y riéndose con Olivia.

—Es muy lindo —Alicia cerró su celular—. Estoy segura de que hará muy feliz a *alguna* de ustedes.

—No me importa. No quiero tus sobras —dijo Kristen—. Ya voy a empezar con mi diseño.

—Yo, igual —dijo Dylan—. Estoy pensando en hacer algo reversible, para que sea como tener dos uniformes en uno.

—¡Eso es lo que yo iba a hacer! —dijo Kristen—. Me oíste decirlo después de la asamblea, ¿verdad?

—¡Claro que NO! —gritó Dylan—. No he escuchado nada de lo que has dicho en todo el día.

Massie puso cara de fastidio mientras recogía sus libros. Al menos nadie estaba enojada con *ella*. Sabía que iba a encontrar alguna manera de arreglar las cosas y volver a formar el cuarteto. Sólo necesitaba un poco de tiempo.

La campana sonó y las chicas se pusieron de pie y arrojaron sus vasos en la basura.

—¿Qué vas a proponer tú? —le preguntó Dylan a Massie.

—Ya veré qué se me ocurre en Historia de Estados Unidos —dijo—. Algunas de las mejores ideas me llegan en esa clase.

Parecía que todas habían caído flechadas por el estilo medio descuidado pero atractivo de Derrington; todas salvo Massie. ¿Cómo les podía gustar alguien que *siempre* usaba shorts, aun en invierno? Siempre traía las rodillas amoratadas por el frío y, para Massie, el amor nunca podía ser *tan* ciego. En cambio, Cam llevaba una vieja chaqueta de motociclista como detalle distintivo. Era una de las muchas cosas que había heredado de Harris, su hermano mayor, que estaba en último año en Briarwood. El fútbol y el gusto por las películas de *El Padrino* y por The Strokes también eran influencia de Harris. Pero la chaqueta era su favorita. El cuero café estaba desgastado por el uso, lleno de raspaduras y con manchas de aceite; pero Massie veía más allá de esos detalles porque esa prenda clásica era la combinación perfecta de rudeza y suavidad. Justo como Cam.

Bean era el único ser viviente que sabía del flechazo de Massie. Y ella miraba con desprecio lo patéticas que se veían Kristen y Dylan, peleándose por un chico que al parecer ni siquiera les hacía caso. Por el momento tendría que buscar una excusa para encontrarse con Cam.

Después de clases encontró su dirección de correo electrónico en la carpeta de mensajes borrados, y se alegró de no haber desechado para siempre las confirmaciones de la fiesta.

Después de veinte minutos de escribir y borrar mensajes, por fin se sintió satisfecha.

HOLA, CAM:
SÓLO QUERÍA SABER SI SE TE HABÍAN OLVIDADO UNAS PANTORRILLERAS LA NOCHE DE MI FIESTA, PORQUE RENNY WHITE ERA EL ÚNICO, ADEMÁS DE TI, QUE VENÍA VESTIDO DE FUTBOLISTA Y REAL-MENTE NO SE ME ANTOJA HABLAR CON ÉL PORQUE TIENE UNA VOZ DE LO MÁS GANGOSA, COMO LA DEL SNUFFLEUPAGUS, Y ME MUERO DE LA RISA CADA VEZ QUE LO ESCUCHO. ☺
–MB

Massie leyó el mensaje tres veces antes de enviarlo, y rogó que Cam no hubiera perdido sus pantorrilleras, porque no tenía ningunas para darle.

La alerta de su buzón sonó de inmediato y el corazón de

Massie dio un vuelco. Era la respuesta de Cam. Massie se puso una gruesa capa de brillo de labios y se arregló el cabello con los dedos antes de abrirlo.

MB:
AQUÍ TNGO MIS PANTORRILLERAS. GRACIAS D TODOS MODOS. Q RISA ME DIO LO Q DICS DE RENNY, SIEMPRE HE PNSADO LO MISMO. OYE, DICN Q LA OCD AHORA VA A SER UNA ESCUELA D UNIFORME, ¿CIERTO? TAMBIÉN OÍ Q FUE POR TU CULPA. ¡Q GNIAL!
ME GUSTAN LAS CHICAS ESCANDALOSAS. ☺ –C

—Dios mío, Bean —Massie tragó saliva, levantó a la perrita y la puso en su regazo—. ¡Prácticamente admitió que le gusto! ¿Y ahora qué?

Massie se levantó y se puso a dar vueltas por el cuarto, con Bean en brazos.

—Esto no puede quedar así. Podrían pasar semanas antes de que pueda hablar con él otra vez. ¿Qué tal si se le olvida que yo le gusto?

Escuchar a Bean jadeando hacía que Massie no se sintiera tan sola.

—Ojalá pudieras hablar, pero me imagino que si lo hicieras no te podría contar nada de esto. Después de todo, quizá sea mejor que no hables.

Massie volvió a sentarse frente a la computadora y se puso manos a la obra.

PUES ES UNA ESTUPENDA HISTORIA. LLÁMAME SI
QUIERES OÍRLA. SI NO, NOS VEMOS PRONTO.
–MB ☺

Massie estaba orgullosa de esa respuesta. Era una invitación a llamarla, pero al mismo tiempo aparentaba que no le
importaba demasiado si no lo hacía.

Su teléfono sonó unos segundos después y Massie contestó
de inmediato.

—Hola, ¿Massie?

Era Cam.

—¿Estás comiendo algo? —preguntó Massie—. Es que te
oigo masticar.

—Es un Big League.

—¿De uva?

—Sí, ¿cómo lo sabes? —dijo Cam.

—Son tus chicles favoritos.

Massie estaba tan cargada de energía que quería gritar.
Dejó de dar vueltas por el cuarto solamente para sentarse en la
computadora y buscar información sobre *El Padrino,* por si acaso salía el tema en la conversación *(…una película de 1972, diri-
gida por Francis Ford Coppola… zzz… zzz… zzz…).* Por suerte,
Cam ni lo mencionó.

Hablaron de sus clases, de sus familias y de sus sitios favoritos en la Internet. Cam incluso preguntó qué se sentía tener a la "nueva chica" rondándola todo el tiempo, y dijo que se
"solidarizaba" con ella cuando Massie le explicó la lata que era
Claire. Sólo hubo dos silencios incómodos en toda la conversación, que duró treinta y siete minutos, y al final él prometió

grabarle un CD con una mezcla de sus canciones favoritas de The Strokes. Si su mamá no lo hubiera llamado para cenar, habrían conversado toda la noche.

Cuando Massie colgó el teléfono, estaba a punto de explotar de alegría. Aunque no habían quedado en nada definido para verse (¡uf!), Cam prometió llamarla, y Massie le creyó.

—¡Bean! —Massie abrazó a su mascota—. Quisiera ser amiga de mí misma para tener alguien con quien saltar de alegría en este momento.

Massie cerró las persianas para asegurarse de que Claire no pudiera verla y luego se subió a la cama, brincó un par de veces y gritó fuerte "¡yu ju!". Esa fue toda su danza de la victoria. En realidad, se sentía como una tonta celebrando ella sola.

—Si quieres trabajar en el mismo lugar que yo, tienes que acomodarte allá atrás —Massie señaló el sillón de gamuza café al otro lado de la sala—, y yo aquí, detrás de éste.

Claire no iba a discutir. Fue hasta su sillón y vació su bolsa de plástico llena de telas en la alfombra color crema. Era la gran oportunidad para Claire de pasar un tiempo a solas con Massie y, quizá, si las cosas salían bien, al llegar la noche ya estaría *adentro*.

—¿Y cuál es tu idea para el uniforme? —Claire se sentía extraña hablándole a Massie con un mueble de por medio.

—¿De veras crees que te la voy a contar? —contestó Massie, pero no en un tono grosero como de "¿de veras crees que te la voy a contar *a ti?*", sino simplemente como si no se lo fuera a contar a *nadie*.

Desde que Pia había anunciado el concurso esa mañana, todas las alumnas se volvieron paranoicas y desconfiadas. Varias chicas que querían privacidad para hablar con sus "contactos externos" usaban los baños como cabinas telefónicas. La cafetería estaba prácticamente en silencio a la hora del almuerzo. Era como si alguien hubiera presionado por accidente el botón silenciador en un lugar normalmente bullicioso.

Claire pensó en su antigua escuela en Orlando y sintió una

enorme tristeza. Allá, un concurso de diseño habría hecho que todo el mundo corriera a compartir ideas y a formar equipos. En la OCD, donde las estudiantes eran hijas de directores de empresas, políticos y celebridades, a nadie le importaba la creatividad o el trabajo en equipo. Les importaba ganar.

Pia invitó a diseñadores y costureras a impartir talleres de corte y confección después de clases. Claire se inscribió en todos. Las horas extras de clases valdrían la pena si conseguía ganar el concurso de diseño, y sus compañeras comenzaban a referirse a ella de otro modo que no fuera "la chica nueva que usa Keds".

Después del primer taller, llamado "¡Qué buena puntada!", Claire decidió que el enfoque de su uniforme sería comodidad y simplicidad, algo que, en su opinión, las chicas de la OCD que eran demasiado artificiales deberían empezar a tomar en cuenta. Quería hacer una falda de terciopelo, con cordón para cerrar en vez de zíper. Y, en lugar de chaqueta, una sudadera con capucha, con el fénix de la OCD en el lado derecho del pecho. Camisetas y tenis completarían el cómodo conjunto. Y, por supuesto, todo sería en los colores de la escuela: azul marino y escarlata. Claire confiaba en que, una vez que las chicas empezaran a usar ropa informal, acabarían por agradecérselo de corazón.

Durante la media hora siguiente las dos trabajaron sin hablar, y el único sonido en la sala era el de las tijeras cortando tela. Después de un rato, Claire se asomó por encima del sillón. Massie estaba midiendo su maniquí, vestida con un conjunto rojo de Juicy Couture y con el cabello recogido en lo alto de la cabeza. Aunque estaba vestida como si se fuera a dormir, a Claire le pareció que se veía bonita.

—Ya me di cuenta de que me estás observando —dijo Massie sin siquiera voltear a verla.

—Bueno, yo nada más...

—Claire, ¿trabajas en un supermercado o qué? —preguntó Massie, colocando la cinta de medir alrededor de la cintura del maniquí.

—¿Yo?, no —dijo Claire.

—Entonces, ¿por qué me estás escaneando?

Claire volvió a su posición anterior detrás del sillón, y trató de entender los patrones que parecían mirarla, desafiantes. Deseó que Layne estuviera ahí para ayudarla, pero ella ya había formado equipo con Eli.

Layne la había invitado a unirse a ellos, pero Claire había rehusado de la manera más amable que pudo, cuando supo cuál era su plan. Layne quería que Eli fuera su modelo.

—¿Lo dicen en serio? —les preguntó. Estaban en una tienda de artículos de arte después de clases, esperando a que Eli se decidiera por alguna libreta de esbozos.

—Claire, los uniformes nos quitan la libertad de expresión forzándonos a lucir idénticos a los demás —explicó Eli, mientras abría una libreta Utrecht para sentir la textura del grueso papel entre los dedos.

Claire trataba con todas sus fuerzas de prestarle atención, pero no podía quitar la vista del resquebrajado esmalte azul marino de las uñas de Eli.

—Así que estamos llevando esa idea al extremo, diciendo: "¿Por qué no hacer que *todos* nos veamos iguales, incluso los chicos?" —dijo Eli. Al ver el precio en la etiqueta, devolvió la libreta al estante.

—¿No es genial? —Layne parecía realmente orgullosa.

Las únicas palabras que a Claire se le ocurrían en ese momento eran de sarcasmo. Por eso se llenó la boca con todos los chicles que llevaba, para no decir nada.

—¿Supiste que Eli va a ser el modelo de Layne? —preguntó Claire desde detrás de su sillón.

—¿En serio? —gritó Massie desde el otro lado de la habitación—. ¡Qué barbaridad!

—¿Lo dices por *él?*

—No, lo digo por *ella* —dijo Massie, riéndose. Y Claire también se rió.

Para cuando acabaron de escuchar a John Mayer, Beyoncé y No Doubt, Claire ya había logrado entender las instrucciones de su patrón. Su primer corte había sido un éxito y, a medida que el tiempo pasaba, comenzaba a relajarse y a disfrutar. Las horas volaron mientras las chicas trabajaban sin parar.

Claire estaba admirando su falda ya terminada cuando sonó el celular de Massie.

—Hola, Alicia —contestó Massie.

A Claire le pareció que Massie sonaba fría con su amiga, y se preguntó si seguiría enojada por haberse ido de la fiesta sin despedirse.

—¿Qué dices? —preguntó Massie, bajando el volumen de la música—. Sí, Derrington me cae bien, supongo… ¿Por qué?… ¿Ya averiguaste si le gusta Dylan o Kristen?… ¿*Cuándo* te lo va a decir?… Mmm, ¿y qué tal Cam?… ¿Le gusta alguien?

Claire dejó de coser, se apoyó contra el respaldo del sillón y escuchó atentamente.

—No, no es que me guste *Cam* —Massie comenzó a dar

vueltas por la habitación—. Sólo preguntaba porque pensé que a Olivia sí… Bueno, lo estuvo persiguiendo en la fiesta… ¿A Cam le *gusta* alguien?

—¿Quién? —preguntó Claire entre dientes.

—¿QUIÉN? —preguntó Massie—. Pues averígualo… Mira, tengo que seguir trabajando, pero nos vemos mañana… Vas a investigar, ¿verdad?… Bueno, adiós.

Claire tenía los puños apretados, y también el estómago. Tenía la *impresión* de que ella le gustaba a Cam por cómo se había comportado en la fiesta de Halloween. ¡Y ahora la llamada de Massie lo había confirmado! Pero estaba desesperada por conseguir más información.

—Me da la impresión de que Alicia y tú ya son amigas otra vez —dijo Claire.

—No oficialmente —dijo Massie—; pero tiene un gran chisme y necesito sacárselo ya, así que…

—¿Por qué, pasa algo?

—No me lo quiere decir por teléfono —Massie sonó molesta—; pero mañana se lo voy a sacar.

—¡Ah!… —Claire disimuló su desilusión—. Pues buena suerte, y no te olvides de contarme.

Massie respondió con un bostezo. —Oye, me voy a dormir. Estoy cansadísima.

—¿Ya acabaste? —Claire miró el reguero de agujas, hilos y retazos de tela a su alrededor. ¡Necesitaba todo el resto de la semana para terminar! Sintió que el pánico la invadía. En primer lugar, ¿por qué estaba sufriendo por ese concurso? Ni siquiera tenía la posibilidad real de ganar.

—No, todavía tengo que darle el toque final a varias cosas;

pero lo haré mañana después de la escuela. Nos vemos aquí otra vez, ¿de acuerdo? —dijo Massie.

—Sí, te veo después de la escuela —dijo Claire con una sonrisa, y de pronto comprendió qué era lo que la inquietaba. Por alguna razón a Massie no le parecía mala idea trabajar con ella cerca, y Claire no iba a dejar pasar esa oportunidad. Ni siquiera se preguntaba a qué se debía el cambio de actitud, simplemente lo agradecía.

—Voy a guardar mis cosas en una bolsa para la basura y la dejaré junto a la puerta. Te sugiero que hagas lo mismo —Massie comenzó a doblar los retazos que le sobraron—. A menos que *quieras* que yo vea tu uniforme a media noche.

—Claro que no. Dame una bolsa.

En realidad, a Claire no le importaba si Massie veía sus diseños. De hecho le habría gustado. Era lo primero que cosía por sí misma, y le parecía que había hecho un buen trabajo; pero como Massie quería mantener el suyo en secreto, dejó su bolsa en la puerta y apagó la luz.

Claire corrió hacia la casa de huéspedes. No por temor a que unos locos la persiguieran, como siempre le pasaba; sino porque Massie finalmente se estaba portando bien con ella, y Cam tenía un flechazo secreto. Claire simplemente *sabía* que ella era la chica que le gustaba a Cam. Y todo eso le daba ganas de correr.

Massie iba corriendo por los pasillos, llenos de carteles que solicitaban modelos o anunciaban la "Semana de la Moda de la OCD". Con un lápiz labial rojo fuerte alguien había escrito sobre varios carteles "Semana de la BOBA en la OCD". Sin embargo, Massie no tenía tiempo para apreciar el "ingenioso" trabajo de aquellas activistas. Le urgía encontrar a Alicia, quien, además, por alguna razón no contestaba el teléfono.

Massie corrió todavía más rápido. Todo lo que necesitaba era confirmar que le gustaba a Cam, y no solamente como amiga, para finalmente comenzar a adquirir un poco de esa valiosa "experiencia con chicos" de la que tanto presumía Alicia últimamente. Pero Alicia no aparecía por ningún lado.

Después de diez frenéticos minutos, Massie decidió posponer la búsqueda. No quería llegar tarde al VID (Viaje de Inspiración para el Diseño) del día, o se perdería la oportunidad de visitar el estudio de Cynthia Rowley. Massie corrió al estacionamiento y subió al autobús, que olía a sándwiches de atún.

Massie fue directamente hacia Kristen.

Su vieja falda de mezclilla se le abultó alrededor de las piernas, y la alisó rápidamente cuando nadie la miraba. El bolsillo de gamuza que había cosido esa mañana se veía bastante bien. Hasta el momento, seis chicas lo habían elogiado. Además, inventó algunos sitios de la Internet cuando le preguntaban dónde había comprado esa tela. Sólo *ella* sabía que los bolsillos eran trozos de la falda que Todd había manchado de jugo de uva.

—Kristen —jadeó Massie—, ¿sabes dónde anda Alicia? No contesta el teléfono.

—No —dijo Kristen, mirando su reloj Coach, como hacía cada vez que no sabía qué contestar—. Creo que no ha regresado de la venta de prendas de muestra.

—¿Y se fue como a las ocho de la mañana, o qué?

—Sí, pero Olivia no estaba en clase de matemáticas. Se me hace que todavía están en la ciudad, buscando ideas para su uniforme —dijo Kristen.

—¿Fue a la ciudad con *Olivia?* —preguntó Massie.

—Sí, creí que ya lo sabías.

Massie negó con la cabeza.

En ese momento sintió que todo se paralizaba a su alrededor y una oleada de calor la invadió, como si tuviera fuegos artificiales explotando en las venas. Normalmente sabía dónde estaba Alicia, todo el tiempo. Y ahora, lo único que sabía es que no sabía nada.

Aunque le zumbaban los oídos, Massie alcanzó a escuchar una voz frenética que preguntaba "¿Alguien ha visto a Massie Block?" La voz sonaba realmente preocupada. "Necesito hablar con ella. Es una emergencia."

Massie no podía creer que estaba a sólo segundos de tener que enfrentarse con una "emergencia".

—Este año es un horror —le dijo a Kristen.

—Pues parece que se va a poner todavía peor —dijo Kristen—. Mira quién es.

—No lo vas a creer —Claire se detuvo frente al asiento de

Massie. No parecía importarle que todas estuvieran esperando a que ella se bajara del autobús para poder partir.

—¿Qué? —Massie hizo una mueca y trató de parecer aburrida. Se miró rápidamente en el espejo retrovisor. Se veía bien, y se alegró de haberse puesto brillo de labios antes de salir.

—¡Nuestros uniformes desaparecieron! —gritó Claire con una burbuja de saliva entre los labios.

—¿Cómo que *desaparecieron?* —Massie la jaló hacia un asiento vacío para tener privacidad.

—Queríaenseñarlemiuniformeamimamáenlamañanaasíquefuiporlabolsadebasuray…

—Cálmate —dijo Massie—. No te entiendo nada.

—¡Inez los tiró! Pensó que eran basura.

—¿Qué? ¡NO! ¿Por qué?

—¡Porque estaban en bolsas de basura! —gritó Claire—. ¿Recuerdas? No confiabas en mí. Creíste que iba a espiar tu obra maestra. Bueno, pues tu obra maestra está probablemente en camino a ser quemada en un incinerador de Peekskill.

Massie se preguntó cómo Claire, una chica de Orlando, sabía que la basura de Westchester se incineraba en Peekskill; pero estaba demasiado molesta para preguntar.

Su oportunidad de volverse famosa por ser líder de una revolución de la moda en la OCD se había esfumado.

Massie sintió pena por la falda blanca de tenis que había pasado la mitad de la noche cosiendo. Quizá estaba en la parte trasera de un apestoso camión de basura, enterrada entre huevos podridos y pañales sucios. Mientras más pensaba en ello, más triste se sentía Massie por todo el mundo: su mamá, que la había llevado después de clases a comprar telas y materiales;

su orgulloso papá, que se moría por ver la genial obra maestra de su hijita; Bean, que había sacrificado su paseo diario; incluso su maniquí, que la había acompañado toda la noche mientras trabajaba. Consideró la posibilidad de sentirse mal también por Claire, pero ya no le cabía. Estaba saturada.

Claire suspiró y se pasó la mano por la nariz húmeda —Era la primera vez que cosía algo, y había quedado muy bien.

—Bueno, pues yo estaba a punto de pasar a la historia —dijo Massie, como si su pérdida fuera diez veces mayor que la de Claire.

—Pues tú coses bastante rápido —dijo Claire—. Seguramente podrías acabar algo para el sábado por la noche.

—Eso es tan sólo en cuatro días. ¿Traigo pistolas y un sombrero vaquero?

—No.

—Entonces, ¿por qué crees que soy la más rápida del Oeste?

Claire se rió y Massie sonrió. Había intentando hacerle esa misma broma a Dylan y Kristen, pero no la habían entendido.

—Quizá si lo hiciéramos juntas, podríamos...

—Ni se te ocurra —la interrumpió Massie—. Quiero pasar a la historia yo solita.

—Mmm.

—¿Qué? —Massie se recogió el cabello en una coleta y luego lo volvió a dejar caer sobre los hombros.

—Pues estaba pensando que, tal vez... No, olvídalo. Nunca aceptarías.

—¿QUÉ? —exclamó Massie.

—¿No te gustaría estar en el escenario frente a los editores de *Teen Vogue* vistiendo ropa nuevecita cuando presentes a toda la escuela tu, digo *nuestro,* nuevo diseño?

—*Cl-aire,* ni creas que voy a hacer eso... —Massie hizo una pausa, se acercó y dijo en voz baja—. ¿Quieres decir que te olvidarías de lo de la apuesta si te dejo formar equipo conmigo?

Justo en ese instante Massie se dio cuenta de que Claire era una pulgada más alta que ella. Se fijó en sus pies y notó que llevaba puestos un par de zapatos de danza Capezio, negros y de tacón alto, con *calcetines deportivos blancos.* Casi sin creerlo, Massie pensó que de verdad extrañaba los Keds.

—Así es —dijo Claire—. Se acabaría la apuesta —y pasó el peso de su cuerpo de un pie al otro—; pero esta vez, de verdad tendrías que formar equipo conmigo. No como en la fiesta de Halloween. Esta vez va *en serio.*

—Mmm —Massie se dio golpecitos con una uña con manicura francesa en el labio inferior—. Dé-ja-me-ver.

Claire dio un suspiro de impaciencia.

—¡Está bien, lo haré!

El rostro de Claire se iluminó.

—Pero lo hago solamente en nombre de la moda —agregó Massie—. Y por nuestras mamás, por supuesto.

—¿De veras? —Claire volteó y se dirigió a la parte delantera del autobús—. Porque yo lo hago para ganar.

Claire se apresuró a bajar del autobús y corrió a clases en puntillas por miedo a torcerse un tobillo. Su cabello rubio le cubría el rostro, pero no se detuvo a acomodarlo o recogérselo. No parecía importarle.

Massie miró a Claire en ese momento como si fuera la primera vez que la veía. Y de algún modo, así era.

Todd Lyons se bajó del autobús de la Academia Briarwood en medio de una avalancha de latas de jugo que volaban en su dirección. Tomó una del suelo y la arrojó al autobús antes de que el conductor pudiera cerrar la puerta.

—Ése es para ti, Dick —dijo Todd, doblándose de risa.

—¡Me llamo Richard!

Massie miró cómo se alejaba el autobús, escondida detrás de un árbol en el jardín delantero. Estaba paseando a Bean y no tenía ganas de ver a Todd. Decidió esperar allí hasta que él entrara en la casa.

Todd iba pateando las piedras blancas de la vereda a su paso. Y ese ruido ponía nerviosa a Bean.

—Shhh —Massie le tapó la boca con la mano.

Todd estaba a punto de entrar en la casa cuando el autobús se detuvo de nuevo con un ruido de frenos y el rechinar de la puerta al abrirse. Alguien estaba bajándose.

—Oye, Todd, espera.

Massie se asomó desde detrás del grueso tronco para ver quién era.

—¡TODD!

—¿*Cam*? —dijo Massie dirigiéndose a Bean—. ¡DIOS MÍO!

Cam corrió hasta alcanzar a Todd, y ambos se detuvieron a

conversar. Massie corrió hacia otro árbol tratando de acercarse para oír lo que decían; pero había bastante distancia entre ella y Cam como para hacer por lo menos veinte volteretas. No escuchaba ni una sola palabra. No podía oler su Drakkar Noir ni ver sus ojos, uno azul y otro verde, ni decir de qué color era la camiseta que llevaba debajo de la chaqueta de cuero. Todo lo que podía afirmar con certeza era que su pequeño trasero se veía *a-do-ra-ble* con sus jeans oscuros de Diesel.

Vio cómo Cam dejaba su bolsa tipo mensajero de lona verde en el suelo, cómo se agachaba para buscar dentro de ella hasta que sacó una cajita como de CD envuelta en lo que parecían un montón de ligas de hule. Se la entregó a Todd, quien la guardó de inmediato en su mochila.

Cam le dio dos palmadas amistosas en el hombro a Todd y corrió hacia la calle. Todd le dijo adiós, y parecía tan encantado con Cam como Massie.

Massie esperó a que Cam se alejara antes de salir de su escondite.

—Hola, Todd —gritó—. ¿Cómo te fue hoy en la escuela?

—Pues el día está mejorando justo ahora, muñeca —dijo—. ¿Y a ti cómo te va?

—¿No era ése Cam Fisher? —Massie miró la mochila de Todd, esperando poder ver algo, pero estaba bien cerrada.

—Sí, era él —Todd comenzó a caminar hacia la casa de huéspedes seguido de Massie.

—¿Qué hacía *aquí*? —Massie pensó que si fingía molestia, Todd no se daría cuenta de que Cam le gustaba.

—Nada especial —dijo Todd—. ¿Quieres venir a jugar Tony Hawk's Underground?

—Me encantaría, pero tengo que bañar a Bean —Massie puso a la perrita en el suelo y se abanicó con la mano—. Es que desde hace tiempo huele a pies sucios.

—Te ayudo —Todd se inclinó para acariciar a Bean, pero la perrita corrió a esconderse detrás de las piernas de Massie.

Massie no podía seguir con ese juego ni por un segundo más. Sabía que Cam le había dado algo para ella y lo quería. Probablemente Todd quería quedarse con el romántico regalo de Cam porque estaba celoso.

—Todd, querido —Massie le puso la mano en el hombro y ambos se detuvieron. Lo miró fijamente con sus ojos color ámbar hasta que una gota de sudor se formó en el labio superior del chico—. Sé lo que hay en tu mochila, y lo quiero.

—¿Qué? —preguntó Todd, y tomó los tirantes de su mochila con las manos.

—Dámelo ya —dijo Massie.

—¿De veras lo quieres? —preguntó Todd.

—Sí.

—¿Segura?

—¡QUE SÍ!

—Bueeeno —bajó la mochila y se acercó a Massie.

Ella sintió que se le humedecían las manos.

—¿Lista? —preguntó Todd.

—¡LISTA! —exclamó Massie.

Todd se paró en la punta de los pies, se inclinó hacia Massie y le plantó un beso en los labios.

—¡Qué asco! —gritó Massie.

Bean ladró.

Massie se limpió la boca con la manga de la chaqueta tipo

bombardero de satén dorado, abrazó a Bean y miró cómo se alejaba el mocoso de diez años.

—Ven acá —gritó Massie.

—¿Quieres *más?* —miró a Massie y le guiñó un ojo.

—Claro que no. Quiero lo que te dio Cam.

—*¿Medalla de Honor?* —preguntó Todd—. ¿Desde cuándo te gustan los videojuegos?

—¿Cam te dio un *videojuego?* —Massie no le creía.

—Sí, y ya me tengo que ir. Luego nos vemos —Todd se despidió con la mano—. Luego seguimos donde quedamos.

—Ni cuentes con eso.

Segundos más tarde Todd se había ido. Y con mucho más que el regalo de Cam, porque el día 6 de noviembre, exactamente a las 4:17 P.M., Todd Lyons le había robado su primer beso a Massie Block. Y, lamentablemente, ella nunca lo recuperó.

Centro comercial de Westchester
En el nivel 1
5:17 p.m.
7 de noviembre

Las asas de cuerda encerada de las bolsas con las compras le lastimaban las manos, pero a Massie le resultaba estimulante. Los surcos entre rojos y amoratados en las palmas eran como condecoraciones, la prueba de una misión de compras cumplida, un recordatorio de que había vuelto a la lucha después de una terrible prohibición de dos semanas.

Alicia, Kristen y Dylan tenían los brazos llenos de una enorme cantidad de bolsas de Coach, Lacoste y Guess?, pero Massie llevaba todavía más.

—Ojalá hubiera carritos de supermercado en los centros comerciales —se quejó Dylan—. Piensen cuántas cosas más podríamos comprar, si no tuviéramos que andar cargando las bolsas.

—Deberíamos contratar a un cargador. —Massie puso un pie en una banca y apoyó las bolsas contra la rodilla—. Ya saben, un tipo fuerte que nos siguiera todo el día, para llevar todo lo que compráramos.

—Lo que describes es un novio —dijo Alicia—. Y ya me estoy ocupando de eso.

Todas se rieron, pero Massie lo hizo a carcajadas. Había extrañado la juguetona actitud de diva de Alicia, y estaba contentísima de que, por el momento, Ali estuviera libre de Olivia y de vuelta a donde pertenecía.

—¿Y a dónde fue Olivia hoy? —Massie trató de sonar auténticamente interesada.

—Tiene clase de danza los viernes —dijo Alicia.

—¿Y sí *fue?* ¿La noche antes del desfile? Vaya, seguramente te molestaste con ella porque lo más probable es que tú quisieras ensayar, ¿cierto?

—No, no pasa nada. Se va a quedar a dormir en mi casa —dijo Alicia.

—¡Ah!, vaya —Massie no supo ni a dónde mirar.

—¿Podemos ir a A&F? —Kristen se adelantó.

—No vas a encontrar nada bastante lindo en Abercrombie como para ponértelo mañana en el concurso —dijo Alicia.

—Ya lo sé, pero necesito su última bolsa de compras para la pared de mi cuarto —Kristen señaló la vitrina donde se veía un cartel con un modelo de músculos bien marcados y más que retocado—. Y *él* tiene que estar ahí.

—¿Así que no vas a venir a dormir a mi casa hoy? —le preguntó Massie a Alicia, mientras recorría los percheros con chaquetas de lana y de mezclilla, tratando de sonar muy relajada.

—Se me olvidó por completo que hoy es viernes —dijo Alicia, y logró evitar encontrarse con los ojos de Massie. Se dirigió hacia Kristen y Dylan, quienes estaban en los extremos opuestos de una mesa llena de pilas de camisetas—. ¿Ustedes van?

—Claro —dijo Dylan.

—Por supuesto —dijo Kristen.

—¿No tienen que terminar sus uniformes? —preguntó Alicia.

—Los vamos a acabar en casa de Massie —dijo Kristen.

Alicia deslizó un grupo de ganchos de ropa de un lado a otro del perchero.

—Kristen, creí que esta noche tenías una práctica de fútbol con Derrington —le dijo Alicia.

—No, eso es el lunes —Kristen frunció el ceño—. ¿Y a qué viene el anuncio? —le echó una mirada a Dylan, quien se había puesto verde de celos y luego roja de furia. Ahora su rostro hacía juego con su cabello.

—¿Vas a jugar al fútbol el lunes con Derrington? —Dylan desdobló una camiseta, pero la echó de vuelta a la mesa sin mirarla.

—Pues sí, le dije que lo invitaba a un partido de las ligas mayores cuando empiece la temporada, si practicaba conmigo.

—Pues más bien parece que estás tratando de anotar con él —dijo Dylan.

Sus constantes discusiones ya tenían harta a Massie. Si por lo menos hubieran estado en Louis Vuitton o en Sephora en ese momento, Massie podría ver las novedades y comprarse algo, pero ¿Abercrombie? ¡Por favor! Si lo único con estilo en toda la tienda era *ella*.

—Seguro me contará todos los detalles en nuestro largo viaje a la ciudad el próximo miércoles en la noche —dijo Dylan.

—¿De qué hablas? —preguntó Kristen—. No vas a ir a la ciudad con Derrington entre semana, ¿verdad?

—Pues sí. Es la fiesta de cumpleaños de Tommy Hilfiger en el Four Seasons. Mi mamá y mis hermanas ya tienen acompañantes, así que yo invité a Derrington y aceptó —dijo Dylan—. Y eso me recuerda que tengo que comprarle algún pantalón largo ya que estamos aquí.

—Me suena a que ese chico las está usando a las dos —Massie pasó los dedos por un par de pantalones sueltos de combate—. ¡Qué horror! Este lugar se parece demasiado a Gap. ¿Podemos salir de aquí antes de que comience a pensar que esta ropa es linda?

—Espera, Massie, ¿a qué te refieres con que nos está *usando?* —dijo Dylan.

—Tiene razón —comentó Alicia—. Consigue más cosas que un niño con papás recién divorciados. Kristen, le has hecho la tarea prácticamente toda esta semana, y tú, Dylan, le has estado regalando todos los DVD y videojuegos que le dan a tu mamá en su trabajo. ¿Qué ha hecho él por ustedes?

—¡Pues no me está usando a *mí!* —Kristen salió corriendo hacia el fondo de la tienda.

—Maravilloso, ahora nunca saldré de aquí —Massie tomó una camisola de encaje blanco de una repisa—. Creo que tendré que probarme esto.

Alicia jaló una mini de mezclilla de un gancho y siguió a Massie a los probadores.

Kristen estaba revisando el perchero de las rebajas y se detuvo al llegar a una mini de pana plisada de color chocolate.

—Miren, qué linda —dijo Kristen—. ¡Y está rebajada!

—No, no está en rebaja —Dylan se paró frente a ella, con la misma falda en la mano—. Alguien la debe haber colgado ahí por error, porque las demás están en la parte delantera de la tienda.

Kristen miró la falda en la mano de Dylan y luego directamente a sus ojos verdes—. No te la vas a comprar, ¿verdad?

—Lo estoy pensando seriamente —dijo Dylan.

—Pues yo me la voy a poner para el desfile de mañana en la noche.

—No, *yo* me la voy a poner —dijo Dylan.

Massie salió del probador y enterró la camisola blanca debajo de una pila de pantalones deportivos.

—Tengo una idea: una de ustedes se puede quedar con la falda, y la otra con Derrington —dijo Massie—. Y ahora, ¿nos podemos ir? Quiero ir a Versace Jeans antes de que cierre.

—Hablando de eso, Kristen me copió la idea de diseñar uniformes reversibles —dijo Dylan—. ¿Cómo vamos a decidir quién se queda con esa idea?

—Por fa-vor —dijo Kristen—. No fue *tu* idea y, por cierto, el estilista de tu mamá está haciendo tu uniforme, y todas lo sabemos.

—¡Eso es hacer trampa! No puedes contratar a un profesional —dijo Alicia al salir del probador. Le entregó la mini de mezclilla y su tarjeta de crédito a la primera vendedora que pasó—. ¿Me lo cargas, por favor? Aquí te espero.

La vendedora tomó la tarjeta de la mano de Alicia y salió volando hacia la caja registradora.

—Pues, si me lo preguntan, con esa idea no se debe quedar ninguna de ustedes —dijo Massie.

—¿Por qué lo dices? —preguntaron Kristen y Dylan al mismo tiempo.

—Por que es de lo más tonta, y si una de ustedes dos gana, tendré que pasar el resto de mi vida en un uniforme reversible.

La vendedora regresó con la tarjeta y la falda.

—Firme aquí, por favor, señor Antonio Rivera —dijo con una mueca.

—Finalmente —Massie suspiró—. Tengo una idea —dijo mientras miraba las blusas de seda, aunque sin dejar de hablarle a Kristen y a Dylan—. Por qué no se olvidan de esa idea del uniforme reversible y vienen a modelar para mí.

—Por mí, está bien —dijo Kristen—. Anoche cosí la falda al pantalón de mi piyama por error. Al menos así tengo oportunidad de estar en un equipo ganador.

—Me parece muy bien. ¿Por qué no haces eso, y yo me quedo con Derrington? —dijo Dylan.

—¡DIOS MÍO! —dijo Alicia—. ¡Ya supérenlo, chicas! Las está usando.

—Pues quizá esté usando a Kristen, porque yo sí le gusto —dijo Dylan.

—Las está usando a las *dos*. Y se los voy a demostrar ahora mismo. —Alicia se sentó en el sillón de cuero blanco frente a los probadores y sacó su celular—. Siéntense.

Kristen y Dylan se sentaron una a cada lado de Alicia.

—Habla fuerte —Massie llevaba una pila de ropa en los brazos y se dirigía hacia el probador—. Esto no me lo quiero perder.

—Miren —dijo Alicia—. Kris, tienes planes con él este lunes, ¿cierto?

—Sí.

Alicia le envió un mensaje de texto a Derrington. Las chicas se acercaron y trataron de ver lo que hacía.

ALICIA: Q VAS A HACER EL LUNES DSPUÉS D LA ESCUELA?

DERRICK: JUGAR AL FUT. TÚ?

Kristen sonrió orgullosa al ver la respuesta. —¿Ya vieron? —dijo satisfecha.

```
ALICIA:    MIS PAPÁS NO VAN A ESTAR.
DERRICK:   GENIAL!
ALICIA:    SE ME ANTOJABA HACR UNA FIESTA EN
           LA TINA DE HIDROMASAJE.
DERRICK:   QUIÉN VA?
ALICIA:    YO ☺
DERRICK:   A Q HORA?
```

—¿A qué hora se supone que iban a jugar al fútbol? —preguntó Alicia.

—A las cuatro y media —contestó Kristen, y se le borró la sonrisa de los labios.

```
ALICIA:    4:30
DERRICK:   AHÍ NOS VMOS
```

—Bueno, ya tenemos la respuesta —Dylan se puso un poco de brillo de labios—. Obviamente no le gustas mucho que digamos.

Alicia miró a Dylan. —¿A qué hora se supone que se van a ver tú y él el miércoles?

—A las seis —dijo Dylan—. ¿Por qué?

Alicia no contestó.

```
ALICIA:    PRDÓN, ME EQUIVOQ. NOS VMOS EL
           MIÉRCOLES A LAS 6, ¿ESTÁ BIEN?
DERRICK:   NO ME LO PRDRÍA X NADA.
```

—Y eso, amigas mías, es lo que yo llamo una basura —

Alicia echó el celular en su bolsa Prada y se levantó para ver cómo le iba a Massie con la ropa—. Aunque el mono se vista de seda, mono se queda.

Massie salió corriendo del probador. No quería perderse la reacción de Kristen y de Dylan.

Ambas se habían quedado mudas. No podían ni siquiera mirarse. Kristen cruzaba y descruzaba las piernas, y Dylan tomó un puñado de dulces de menta del frasco de plata que estaba sobre la mesita que tenían enfrente.

—No lo puedo creer —dijo Dylan—. Se veía tan entusiasmado con la idea de ir a la ciudad conmigo.

—Sí, casi tanto como lo estaba por jugar al fútbol conmigo —dijo Kristen.

Dylan tomó otro puñado de mentas y le pasó el recipiente a Kristen, quien negó con la cabeza y sonrió dándole las gracias.

—¡Qué tonta soy! —dijo Dylan.

—¿Por pensar que de verdad le gustabas a Derrington? —preguntó Kristen.

—¡NO! —contestó Dylan de inmediato—. Por dejar que se interpusiera entre nosotras.

—Tienes razón —Kristen descruzó las piernas y se volvió hacia Dylan—. Tenemos que darle su merecido.

—De acuerdo —dijo Dylan con la mano sobre el corazón, y cerrando los ojos sacudió la cabeza lentamente—. ¿En qué estábamos pensando?

—*No* estábamos pensando.

—¿Abrazo?

—Abrazo.

Las chicas se abrazaron, y juraron no permitir nunca que un

chico las separara, especialmente un cerdo como Derrington.

—¿Y esto significa que se van a unir a mi equipo y a ser mis modelos? —preguntó Massie. Tenía jeans de todos los tonos sobre los hombros y en los brazos blusas de colores brillantes—. Podemos ensayar hoy en la noche.

—¿Esto significa que debemos portarnos bien con Claire? —preguntó Kristen.

—Espero que no —dijo Dylan—. Yo sigo enojada con ella por engañarnos con los mensajes que envió desde la computadora de Massie —y se volvió hacia Massie—. Me convenció de que tú pensabas que yo estaba gorda.

—Y de que querías que nos pusiéramos shorts con medias de colores para ir a la escuela —dijo Alicia.

—Todavía no puedo creer que ustedes creyeran que yo podía decir cosas como ésas —dijo Massie.

—Entonces, ¿por qué tenemos que portarnos bien con ella? —dijo Dylan.

—Porque ella es quien va a enhebrar todas nuestras agujas: es la única que tiene las uñas cortas —dijo Massie—. Así que no la molesten, o tendremos que hacerlo *nosotras*.

—Listo.

—Listo.

Massie estaba esperando a que Alicia dijera "y listo", pero en ese instante recordó que no estaba en su equipo.

—Por cierto, Alicia, ¿me das tu bolsa? —Kristen señaló al modelo de Abercrombie en la foto en blanco y negro, que colgaba del brazo de Alicia.

—Claro, y también la falda, si quieres —dijo Alicia entregándosela—. En realidad no me gusta tanto.

Esperaron en la entrada de Neiman Marcus a que el chofer de Massie pasara por ellas. Como siempre, Isaac estacionó la Range Rover frente a ellas a la hora exacta.

Pasaron el camino a casa cantando las canciones que se oían en la radio y chismeando sobre las chicas más desagradables del grado, como siempre. Pero algo se sentía diferente. Era la primera noche de viernes en más de un año en que Alicia no iba a dormir a casa de Massie.

Se estacionaron frente al portón de hierro negro de la casa de Alicia. Isaac la ayudó a bajar todas sus bolsas.

—Diviértanse en la piyamada. Las voy a extrañar —dijo Alicia al bajarse—. Odio la idea de competir con mis mejores amigas del mundo. Esto es horrible —y puso cara de fastidio.

Massie no le creía. Los ojos castaños de Alicia brillaban demasiado para alguien que sufría tanto como afirmaba.

Tras bambalinas, a las modelos les estaba dando un ataque. Algunas sufrían de pánico escénico. Otras, se negaban a ponerse los uniformes, porque pensaban que se veían gordas o porque no querían cambiarse delante de Eli.

Claire estaba junto a la mesa de los bocadillos, lamiéndose el glaseado de chocolate de los dedos.

Massie se paró junto a ella y tomó una botella de Smart Water.

—Bueno, llegó la hora —dijo Massie. Se veía increíble. Llevaba el cabello suelto y ondulado, y se parecía a una modelo francesa con su ropa nueva, una blusita transparente con capucha, con una camiseta de tirantes beige por debajo y una falda color durazno que se movía cuando caminaba. Y ya se había puesto la boina negra que habían prometido guardar para el desfile.

Claire había visto ese mismo conjunto en *Teen Vogue*, cuando estaba buscando ideas para su diseño. Solamente la falda costaba 350 dólares.

—Te ves muy bien —dijo Claire mirando sus nuevos mocasines rojos, y deseó que su mamá la hubiera dejado comprar zapatos con tacones bajos en vez de ésos.

—Gracias —dijo Massie—. ¿Qué te pasó en la mano?

—Donas —dijo Claire apenada.

—No, lo digo por las curitas —Massie se ajustó la boina para que quedara inclinada.

—¡Oh!... es que me salieron algunas ampollas por ensartar tantas agujas anoche. Pero no es nada. Me divertí mucho —dijo Claire—. Especialmente cuando hicimos la sesión de fotos de moda. Me muero de ganas de enviarle esas fotos a mis amigas de Orlando.

—Sí, fue divertido —Massie sonaba sorprendida—. No puedo creer que nos hayamos desvelado hasta las cuatro de la mañana. Por suerte existen las cafeteras exprés.

—Y los pedos de Dylan —dijo Claire—. Me obligaron a estar alerta durante horas.

Massie se rió a carcajadas. Claire también, y luego se frotó los ojos cansados y enrojecidos. Pero se sintió mejor que en mucho tiempo.

—Bueno, al menos finalmente me perdonaron por haber enviado esos mensajes desde tu computadora —dijo Claire.

—Sí, y *todo* lo que tuviste que hacer fue coser sus uniformes, y hacerles palomitas de maíz mientras ellas veían E! por tres horas seguidas —dijo Massie.

—Valió la pena.

—¿Y ustedes, qué *hacen* aquí?

Claire volteó a ver a una de las asistentes lamebotas de Pia acercándose a ellas con una tablilla con sujetapapeles y un *walkie-talkie* en la pretina de sus Sevens —¿Por qué no están en maquillaje y peinado?

—No somos modelos —dijo Massie—. Nada más nos vemos *divinas.* Así somos.

—Bueno, pues aquí dice que tienen cambios asignados como modelos —dijo, pasando las hojas de la tablilla.

—No queremos que la gente vea lo que nos vamos a poner —contestó Massie.

—Pero nada más van a presentar —la asistente sonaba confundida.

—Eso es lo que usted cree —dijo Claire.

Claire y Massie repasaron sus partes por última vez, fueron a ver cómo iban Kristen y Dylan con su maquillaje, y luego se asomaron apenas por el cortinaje del escenario para ver al público.

El animador ya estaba creando el ambiente. Todavía faltaban quince minutos para que comenzara el desfile y el auditorio ya estaba lleno.

—En el estreno de *The Producers* en Broadway no se veía ni la mitad de público que hay en este auditorio —le dijo Massie a Claire en voz baja mientras asomaban la cabeza por entre el cortinaje de terciopelo rojo—. Mira, ahí están los editores de *Teen Vogue*. En primera fila, al centro.

—Vaya, cuántos fotógrafos —Claire se mordió la uña del pulgar con nerviosismo.

Con todo y lo impresionada que estaba con el desfile, a Claire solamente le importaba ver a una persona. Buscó con la vista por todo el auditorio, tratando de encontrar a alguien con cabello negro revuelto, algo encorvado y con una chaqueta de cuero café.

—Chicas, deberían estar con sus modelos —les dijo la directora Burns.

Claire nunca había visto a la directora tan de cerca. Con su nariz afilada y curva y sus ojos diminutos *realmente* parecía un ave de rapiña.

—Ya va a empezar el desfile y necesito que ustedes estén en su posición —dijo—. ¡Volando!

Las chicas se rieron durante todo el trayecto. No podían creer que esa mujer buitre se hubiera atrevido a decirles que se fueran "volando".

Todas estaban en fila de acuerdo con el turno en que les tocaba desfilar. Massie, Dylan, Kristen y Claire eran las últimas.

—Espero que la gente no se duerma antes de que nos toque a nosotras —dijo Dylan en voz baja.

La peinadora le había abrillantado con un atomizador cada uno de sus rizos rojizos, que relucían y se movían de una manera muy atractiva, y sus ojos verdes, de por sí penetrantes, habían sido maquillados con un estilo esfumado por la maquilladora de Bobbi Brown, y se veían radiantes.

—Créanme, tenemos el mejor turno —dijo Massie—. Después de nuestra salida, el público va a votar. Si estamos entre las finalistas, van a tener la imagen fresca en la mente.

—Qué suerte tenemos —dijo Claire.

—No es suerte —dijo Massie—. Llamé a Pia anoche y le pedí que nos dejara al final.

—¿Y aceptó, así nada más? —Kristen mantuvo el cuello inmóvil mientras hablaba, para evitar que se le derrumbara el peinado, que era una auténtica torre de cabello rubio.

—No olviden que este concurso fue idea *mía* —dijo Massie—. Era lo menos que ella podía hacer.

Paró la música y se apagaron las luces. El auditorio quedó en un sorprendente silencio, salvo por el sonido de la gente removiéndose en sus asientos y doblando sus programas para acomodarse. En cuanto la directora Burns tomó el micrófono, rompieron en aplausos. El ruido le recordó a Claire el tocino al freírse.

Las luces rosadas de la pasarela se colaban por las aberturas del cortinaje y marcaban barras de color sobre las chicas que esperaban su turno. Claire recorrió la fila con la vista para echarle un ojo a su competencia.

Eli y Layne estaban parados uno al lado de la otra, meciéndose de atrás para adelante, dejando que sus hombros chocaran suavemente con un ritmo inaudible, que seguro sólo ellos escuchaban. Claire se moría de ganas de rozar sus hombros con un novio, y de inmediato pensó en Cam.

—Buena suerte —dijo Layne en voz baja cuando notó que Claire la estaba observando.

—Lo mismo —dijo Claire de todo corazón. Había extrañado a Layne en los últimos días y estaba impaciente porque se acabara la "Semana de la Moda" y las cosas volvieran a su normalidad. Incluso si eso significaba ponerse algo que Eli modelara.

Alicia y Olivia lucían ciento por ciento seguras de sí mismas. La nueva nariz de Olivia estaba perfectamente empolvada y su cabello rubio, ahora lacio, le llegaba a la cintura. Sus ojos azul celeste estaban delineados en negro, con lo que se veían todavía más penetrantes. Y Alicia era lo opuesto. Sus facciones morenas y exuberantes se veían suaves y cálidas, aunque igualmente fascinantes. Era incluso más bonita que Olivia, pero de un modo menos obvio.

Claire vio cómo Kristen y Dylan se acomodaban mutuamente los peinados, luchando contra la gravedad para asegurarse de que cada sedoso mechón quedara exactamente en su lugar. "Vamos a perder", pensó.

—Bienvenidos a la "Semana de la Moda de la OCD" —dijo la directora Burns—. En nombre de todas las estudiantes, que han trabajado muy duro toda la semana, quiero agradecerles su presencia esta noche.

Aplausos.

—Antes… —dijo, y tuvo que esperar un momento a que terminaran los aplausos—. Antes de comenzar, quisiera…

—¡Au, au! —gritó alguien del público. El alborotador estaba haciendo su mejor imitación de un buitre.

Después de unas risitas y varios "shhh", la directora pudo continuar con su discurso.

—Quisiera agradecer a los editores de *Teen Vogue* por acompañarnos esta noche. Como ustedes saben, ellos van a seleccionar los dos uniformes finalistas y luego ustedes, estudiantes de la OCD, votarán para elegir el diseño ganador, porque ustedes ponen la *u* en *uniforme*.

Fuertes aplausos.

—Tenemos… —e hizo una pausa para reír con humildad, y luego alzar la mano para pedir silencio—. Tenemos un fotógrafo profesional para documentar el desfile, y con una donación de veinte dólares…

—Auuu, auuu.

La mitad del público se rió, y la otra mitad se removió nerviosamente en sus asientos.

La directora esperó.

—Bueno, creo que es el momento de empezar. Por favor, apaguen sus celulares…

De repente, Claire escuchó más risitas, que esta vez eran de Kristen y Dylan.

—¿Qué pasa? —preguntó entre dientes.

—Ya verás —dijeron ellas sonriendo en voz baja.

El cuerpo de Claire comenzó a sacudirse violentamente y, de pronto, tuvo la corazonada de que algo andaba muy mal.

"Sabía que no debía confiar en ellas."

Ahora que Claire estaba en peligro, la festiva atmósfera le parecía de pronto amenazadora. Las guapas chicas se veían como payasos con tanto maquillaje, los aplausos sonaban como disparos y los uniformes se veían como si los hubieran cosido ciegos y mancos. Se había acabado el encanto.

Claire trató de calmarse y de concentrarse en el desfile.

Ann Marie Blanc fue la primera en presentar su diseño, que consistía en suéteres de cachemir y faldas de tafetán.

—La que sigue —Massie se cruzó de brazos e hizo una mueca de hastío—. Ésta quedó eliminada.

—¿Por qué? —preguntó Claire.

—El tafetán se arruga terriblemente y nos vamos a *asar* con los suéteres —dijo Massie.

—¡Oh!

Mindee Wilson presentó su uniforme "Días Hábiles", con cinco modelos que se pavoneaban en la pasarela, cada una llevaba un vestido de línea "A" muy poco favorecedor y de distinto color, con el nombre de cada día de la semana escrito sobre el pecho. El del lunes era rojo, el del martes azul…

—Lindo, si fuéramos estudiantes de kínder a segundo grado —dijo Dylan entre dientes.

—Sí, imagínense coquetear con un chico de Briarwood

llevando un vestido rosa que dice "Jueves" en el pecho —se burló también Kristen.

Claire se rió. Y luego pensó en Cam.

Livid Altman llamó a su obra maestra "Negro sobre Negro", con un toque de negro por obvias razones. Trató de convencer a los editores de *Teen Vogue* de que el negro era la única opción realista, porque oculta muy bien la suciedad y, por lo tanto, necesita menos lavados. Claire escuchó entre el público las palabras *funeral, depresivo* y *poco higiénico*.

Layne y Eli eran los siguientes, y el público explotó en una serie de exclamaciones de apoyo.

Claire rogó que el diseño de Layne le gustara a Massie. No quería que ridiculizaran a su amiga.

Layne se tomó su tiempo para llegar al micrófono, y se aclaró la garganta antes de comenzar a hablar.

—La OCD está cometiendo un crimen al forzar a chicas en pleno desarrollo a abandonar su identidad personal, especialmente en estos años formativos —dijo Layne, mientras Eli daba vueltas por la pasarela con una falda plisada azul marino, tenis Chuck Taylor negros y una camiseta de mangas largas con un bolsillo de plástico transparente cosido al frente.

—Los editores de *Teen Vogue* probablemente estén pensando en dos letras: *N-O* —le dijo Massie a Claire.

Claire fingió no haberla escuchado.

Cuando Eli llegó al final de la pasarela, se detuvo y sacó una pila de tarjetas de archivo de la mochila y se las mostró al público, como si fuera un mago que deja ver su "paloma perfectamente normal".

—La ropa es mi manera de expresar ante el mundo cómo me

siento, y este uniforme nos permitirá hacerlo, incluso después de que la escuela nos haya despojado de todo nuestro estilo personal —dijo Layne.

En ese momento, Eli metió las tarjetas en el bolsillo de su camiseta, una por una, para que el público pudiera leerlas.

SEGURA DE MÍ MISMA
INFORMAL PERO SEXY
HOY ME SIENTO GORDA
ACABO DE COMPRAR LOS NUEVOS SEVENS

El público se rió de buena gana.

Cuando Layne terminó su presentación, todos la aplaudieron de pie. Incluso los editores de la revista se levantaron, pero volvieron a sentarse cuando se dieron cuenta de que la directora Burns y Pia los fulminaban con la mirada.

Alicia y Olivia fueron las siguientes. Cuando salieron al escenario, el ruido de los chicos adelantándose en sus asientos llenó el auditorio, y el fotógrafo comenzó a tomar fotos.

Olivia se quitó la bata y comenzó a recorrer la pasarela balanceando los brazos como las modelos del Style Network. Su uniforme era el único que proponía sandalias de tiras, jeans y una chaqueta, en vez de la consabida falda escolar, y el público se entusiasmó. Era la combinación perfecta de sexy, sofisticado y divertido. Mientras Olivia caminaba y daba vueltas, Alicia explicaba que la chaqueta era un "homenaje al Blue Label de Ralph Lauren", y que la marca había aceptado fabricar toda la línea para la OCD si ganaban. Enseñó en carteles las diferentes muestras de color de la tela, para que las chicas pudieran ver "la variedad de tonos que combinaban" con la chaqueta de pana, por si decidían utilizar esa "prenda superpráctica" fuera de la escuela. Una corbata colgaba de las presillas del cinturón de Olivia, y Alicia explicó que los distintos grupos de chicas podían llevar corbatas haciendo juego para mostrar quiénes eran sus amigas.

La directora Burns saltó de su asiento y gritó: —¡De ninguna manera! —pero la gente estaba demasiado concentrada en Alicia y Olivia para escucharla.

—La idea de la corbata como cinturón me la copió a mí —susurró Massie—. Me puse una el día que fuimos al centro comercial por los disfraces, y ella la *elogió*.

—La imitación es la forma más sincera del halago —dijo Claire, tratando de apoyarla.

—Sí, pero si esa idea es la que hace que gane, se la voy a atar el cuello y la voy a ahorcar —respondió Massie cruzándose de brazos.

Claire pensó que lo mejor era quedarse callada.

El público se puso de pie y Alicia y Olivia agradecieron con reverencias. Massie aplaudió y sonrió, pero se veía hueca, como una versión de museo de cera de sí misma.

A Claire no le entusiasmaba tener que salir al escenario después de dos ovaciones de pie. Kristen y Dylan estaban obviamente preocupadas, balanceándose de arriba abajo en las puntas de los pies como para tratar de calmar sus nervios. Claire estaba tan ansiosa que ni siquiera podía moverse. No sólo había llegado su turno, sino que debía prepararse para la posibilidad de que ése fuera el momento elegido por Massie, Dylan y Kristen para humillarla en gran escala.

El público parecía deseoso de que comenzara el intermedio. Había papás persiguiendo a sus niños pequeños por los pasillos y otras personas estaban recogiendo sus cosas, anticipando la pausa. Claire se jaló los mechones del flequillo, con la esperanza de que le crecieran mágicamente antes de salir al escenario. Massie se dio cuenta de lo nerviosa que estaba Claire; ésta le apretó el brazo y le dijo: —¡Acabemos con ellas! —justo antes de comenzar a avanzar hacia el centro.

Las cuatro chicas estaban de pie, una al lado de la otra, frente al público, y todavía con las batas puestas.

—Quítenselas —gritó alguien del público.

—Por supuesto que lo haremos —dijo Massie con su voz más seductora.

Cuando reinó la calma, Massie comenzó a hablar.

—Cuatro chicas: una pelirroja, una pelirrubia, una rubia dorada y una trigueña —Dylan, Kristen, Claire y Massie se quitaron las batas al mismo tiempo y las dejaron caer. Y ese gesto, en realidad bastante inocente, captó la atención de los chicos.

En ese momento comenzó a sonar *Dirrty*, de Christina Aguilera, y las chicas se separaron para ubicarse en cada esquina de la pasarela. Habían elegido justo esa canción como un homenaje secreto a los disfraces que las habían llevado hasta el asunto de los uniformes.

—Las invitamos a preguntarse —continuó Massie—, qué paleta de color es la más favorecedora para ustedes.

—¿Tienen el cabello castaño o negro? ¿Y el matiz de la piel va de marfil a tostado oscuro? Entonces son una "Massie" y su uniforme debe ser blanco níveo y verde —dijo Claire, y mientras hablaba, Massie recorría la pasarela volteando con toda precisión y saludando a sus admiradoras. Llevaba una falda de gamuza verde oscuro, que era la réplica exacta de la que Todd había echado a perder con el jugo de uva: suave, corta y de línea A. De un lado de la falda colgaba una funda para el celular adornada con pedrería violeta. Justo cuando comenzó el explosivo coro de la canción, Massie se quitó la chaqueta verde, que hacía juego y que llevaba una gran flor amarilla prendida con un broche a la solapa, y se la puso sobre el hombro. La boina negra la hacía verse como la encantadora modelo francesa que siempre supo que podía ser.

Aplausos.

Debajo de la chaqueta llevaba una blusa blanca de seda, sin mangas, con la letra *M* bordada en la parte superior izquierda. Los Keds de plataforma adornados con pedrería morada y calcetines negros a la rodilla completaban el atuendo.

Fuertes aplausos.

—O quizá son una "Kristen" —siguió Claire, dándole la señal a Kristen para comenzar a desfilar—. Su cabello va de castaño a rubio, y su piel tiene tonos dorados. Si les suena familiar, su uniforme debe ser blanco tenue, rojo y turquesa. Kristen llevaba el mismo conjunto que Massie, sólo que su falda y chaqueta eran rojas, la flor turquesa, la pedrería y los Keds eran blancos, y la letra bordada en la blusa era una *K*. Ella hacía revolotear la boina en la mano. No quería ponérsela por temor a que se le cayera del peinado tan alto.

Cuando terminó su recorrido, Claire le pasó el micrófono a Massie para que continuara con la presentación.

—¿Se queman cuando toman sol y no se ven bien con ropa beige? —preguntó Massie—. Entonces son una "Claire" y sus colores son los tonos pastel… Alguien tiene que usar esos matices de huevos de Pascua, ¿verdad?

El público se rió.

Claire comenzó a caminar, sosteniéndose con la mano la boina en la cabeza. La falda y la chaqueta eran azul celeste, llevaba una flor rosa en la solapa y la letra *C* bordada en la blusa. La funda para el celular, decorada con pedrería negra, estaba vacía; pero, por primera vez en semanas, usaba los Keds.

—Pelirrojas audaces, ustedes son una "Dylan", y su uniforme debe ser marfil y lavanda —dijo Massie mientras Dylan avanzaba—, los colores perfectos para acentuar el tono rosado de la piel.

—Y, por supuesto, el uniforme no estaría completo sin una versión del mejor amigo de la mujer —Massie sopló el silbato de Tiffany, que llevaba al cuello colgado de una cadena de plata, y Bean apareció corriendo hacia su dueña. Estaba vestida con una faldita de gamuza verde y una camiseta blanca con la letra *B* bordada sobre el lomo. Y llevaba una diminuta boina negra entre las puntiagudas orejas.

El público aplaudía de pie y Bean ladró muy contenta. Massie, Claire, Dylan y Kristen se tomaron de la mano e hicieron una reverencia. ¡Lo habían logrado!

A Claire el brillo de las luces la deslumbraba, y no alcanzaba a distinguir a sus papás; pero había una cara en la tercera fila que veía con toda claridad. Era la de Cam, desgarbado en su asiento. A Claire le pareció que su chaqueta de cuero se lo iba a tragar. Cuando sus ojos se encontraron, el corazón de Claire dio un salto. Él mostró una amplia sonrisa y le hizo un saludo discreto con la mano. Claire sintió que el auditorio enmudecía, como si ella hubiera metido la cabeza en una pecera.

Claire levantó la mano sin alzar el brazo y lo saludó moviendo los dedos tímidamente. El rostro de Cam se iluminó al verla saludar y sonreírle. Claire no podía creer lo que estaba sucediendo. Se volvió hacia Massie, desesperada por un testigo; pero lo que vio hizo que la sangre se le congelara en las venas.

Ahí estaba Massie, con sus brillantes ojos color ámbar, labios deslumbrantes y el sedoso cabello castaño saludando a Cam con la mano en alto.

Claire sintió que se desmayaba.

"¡A Cam le gusta Massie!, no yo. ¿Cuánta gente me vio saludarlo? ¿Se habrá dado cuenta él? ¿Y ahora qué hago con mis manos? ¡ESTA FALDA NO TIENE BOLSILLOS!"

Claire habría preferido ser humillada públicamente por Kristen y Dylan, en vez de *esto,* sin duda.

La directora Burns subió al escenario, y llamó a todas las competidoras, que se apretujaron en equipos esperando a que los editores de *Teen Vogue* eligieran a las finalistas.

Cuando la directora Burns tuvo el sobre en sus garras, hizo el anuncio.

—Todo el mundo recibió un dedal de las acomodadoras, y ahora lo necesitarán para votar. A la entrada hay dos cajas transparentes con las fotos de las finalistas. Por favor, echen su dedal en la caja de las candidatas por las que votan y tendremos los resultados después de un breve intermedio.

—Auuu, auuu —dijo el alborotador.

Risitas discretas.

—Y las finalistas son… Por un lado, Alicia Rivera y Olivia Ryan; y por el otro lado, Massie Block, Claire Lyons, Dylan

Marvil y Kristen Gregory.

Luego felicitó a las demás competidoras por la labor realizada; pero nadie la escuchaba. Todos ya estaban yendo hacia la entrada, ansiosos por votar.

Massie no podía creer que estaba brincando de alegría abrazada a Claire, Kristen y Dylan.

"¡Claire!"

Un mes antes nunca lo habría creído posible.

—Vamos a votar —Massie buscó dentro de la bolsa rosa de Coach donde llevaba a Bean y sacó un dedal y su esmalte de uñas violeta. Estaba tibio porque la perrita se había sentado sobre él.

—¿Qué vas a hacer con eso? —preguntó Claire señalando el frasquito de esmalte de Urban Decay.

—Voy a pintar mi dedal violeta antes de votar —dijo Massie— para buena suerte.

—Oye, Mass, ¿puedes votar por nosotras? —pidió Dylan—. Kris y yo tenemos algo que hacer.

Y con risitas nerviosas, las dos le entregaron su dedal a Massie.

—Claro —dijo Massie con una sonrisa cómplice—. Todo por ayudar a la causa.

Las tres chicas se rieron, y luego Kristen y Dylan regresaron al auditorio ya vacío.

—Massie, si tienen otra "bromita" planeada para avergonzarme frente a… —comenzó a decir Claire, pero Massie la interrumpió.

—Claire, ¿me veo como la hembra del perro?

—Espera, Massie; no estoy diciendo que seas una *perra* —respondió Claire—, pero es que ya antes ustedes me han…

—Está bien, lo admito —Massie dejó de caminar para poder pintar su dedal—. Dylan y Kristen tienen planeado algo fabulosamente malvado, pero, aunque no lo creas, no tiene nada que ver contigo.

Claire la miró con desconfianza.

—Atormentarte a ti ya está lejos en el calendario —dijo Massie, mirándola a los ojos—. Ya pasó de moda.

—¿Eso significa que estoy *adentro*? —preguntó Claire con sus ojos azules muy abiertos y llenos de esperanza.

Massie no contestó. Sopló el esmalte del dedal y lo tocó con el índice, para asegurarse de que ya estaba seco.

—Vamos a votar —dijo.

Alicia y Olivia ya estaban en el recibidor lleno de gente, haciendo campaña para conseguir más votos y halagando a los editores de *Teen People* por lo que llevaban puesto.

El primer impulso de Massie fue hacer una campaña más intensa; pero cuando vio cuántos dedales había en su caja, se dio cuenta de que no era necesario. Llevaban la delantera al menos por unos treinta votos. Massie le dio un beso a su dedal y lo echó junto con los de Kristen y Dylan. Miró la foto pegada con cinta adhesiva en un lado de la caja, y se rió. Ella se veía normal (guapísima, como siempre); pero Claire parecía bizca, y lo había hecho ¡a propósito! El fotógrafo había ofrecido repetir la toma y Claire se negó, porque decía que iba a hacer reír a la gente.

Claire pasó el resto del intermedio consolando a Layne. Massie fue a fijarse cómo iba la competencia.

Alicia y Olivia estaban junto a la mesa de votación.

—¿Sabes qué es lo increíble de estos dedales? —dijo Olivia entre sorbos de Perrier. Le hablaba a un chico que estaba a punto de depositar su voto—. Que ni siquiera pensaron en que no todos tenemos dedos del mismo tamaño, y son enormes. Por ejemplo, mis dedos son pequeños, ¡pero tú tienes unos dedalotes! ¡Ja! ¡Ja! Perdón… dedotes.

Massie observó que el chico hizo una mueca de disgusto, y echó su dedal en la caja de Massie.

—¡Qué "dodo"! —dijo Alicia. Massie se rió, pero Olivia estaba demasiado molesta para reírse.

—¿Sabes qué, Massie? —dijo Olivia—. Tu equipo tiene ventaja, porque ustedes son cuatro y nosotras solamente dos, lo que significa que tendrán más votos, porque tienen dos familias más que van a votar por ustedes.

—Pues sí, pero tú tienes a tu cirujano plástico, a tu psiquiatra y a tres de las amantes de tu papá, así que estamos a mano —Massie se dio la vuelta con sus zapatos de plataforma de hule, y se fue a buscar a sus papás.

Las luces comenzaron a parpadear y las asistentes de Pia condujeron al público de regreso a sus asientos.

Cuando todos estaban ya ubicados, la directora Burns regresó al podio.

—Ahora las finalistas deberán pasar al escenario —dijo—. ¡Oh!… y apaguen sus celulares, por favor.

Y en ese preciso instante se oyó el timbre de un celular con la canción infantil *Pop Goes the Weasel.*

Todos se rieron tratando de identificar al culpable.

La directora se puso las manos en la cadera y trató de descubrir de dónde provenía la música.

—Fue él —dijo una chica de cabello rubio ceniza y corte paje, señalando a Derrington.

—Juro que no —gritó él, y la gente se rió—. Dejé el teléfono en el Mercedes de mi papá.

La directora lo fulminó con la mirada, por si acaso.

—Antes de anunciar a las ganadoras, quisiera agradecerle a Pia y...

Da da, da da, dadadadada, da da, da da, da da...

Y todos voltearon a ver a Derrington.

—No soy yo, lo juro —dijo, con la mano en el corazón y risitas nerviosas.

—Y entonces, ¿de qué te ríes? —le preguntó la directora.

—No me río —se le escaparon más risitas nerviosas y se puso rojo como un tomate.

Da da, da da, dadadadada, da da, da da, da da...

Finalmente, la directora bajó del podio y se acercó furiosa a Derrington. Lo obligó a ponerse de pie y comenzó a registrarlo, lo cual hizo que el auditorio estallara en carcajadas.

Derrington sacudió la cabeza y se cubrió el rostro con las manos, mientras la mujer buitre seguía registrándolo como si lo desplumara con sus dedos largos y huesudos.

La gente aplaudía y gritaba entusiasmada, pero nadie disfrutaba más de la situación que Kristen y Dylan, que habían pegado con cinta adhesiva ese celular debajo del asiento de Derrington durante el intermedio. Volvieron a llamar a ese número, una vez más, solamente para ver qué pasaba.

Da da, da da, dadadadada, da da, da da, da da...

La directora Burns siguió la música hasta descubrir el celular y lo arrancó de un tirón. Lo levantó orgullosamente por encima de la cabeza, como si fuera su primer Oscar, y todo el mundo aplaudió con entusiasmo. Ella, personalmente, arrastró a Derrington fuera del auditorio.

—Sustitúyeme, P —le gritó por encima del hombro a Pia.

—Disculpen la escenita —dijo Pia, y se colocó el micrófono cerca de la boca—. Muy bien. Que traigan esas cajas, y vamos a anunciar a las ganadoras de esta noche.

Su asistente apenas podía con las cajas, pero nadie se ofreció a ayudarla. Todas estaban demasiado nerviosas como para pensar en alguien más que no fueran ellas mismas.

Pia caminó alrededor de la caja con la foto de Massie y Claire, y luego examinó la que tenía la imagen de Alicia y Olivia. Obviamente lo hacía como un recurso dramático, porque todas sabían que los dedales ya se habían contado tras bambalinas.

—Siento que voy a vomitar —dijo Massie apretando a Bean contra su pecho.

Claire estaba demasiado ocupada mordiéndose las uñas para contestarle.

—Con 102 dedales, tenemos a Massie y Claire —dijo Pia.

Ambas chicas comenzaron a brincar de alegría, se acercaron a Kristen y a Dylan, y siguieron brincando todas juntas.

—Y con 136 dedales, tenemos a Alicia y Olivia. Felicitaciones a las ganadoras del concurso de uniformes de la "Semana de la Moda de la OCD". ¡Por lo visto, tendremos chaquetas, jeans y cinturones de corbatas para rato!

Massie dejó de brincar, y Alicia empezó.

—¿Cómo es posible? —preguntó Massie, e inmediatamente pensó en Cam y en lo mucho que quería que él la viera ganar.

—Apuesto a que todos los chicos votaron por ellas —Kristen se secó una lágrima.

Claire estaba igualmente sorprendida

—¡Pero si teníamos *muchos* más votos que ellas!

Alicia y Olivia se besaban las manos y saludaban al público.

—¡Qué horror !—dijo Dylan—. Son *tan* presumidas.

—¿Viste cómo mis papás saltaban de sus asientos cuando Pia dijo nuestros nombres? —Kristen se limpió otra lágrima.

—No, pero sí vi cómo volvieron a sentarse cuando anunciaron los de Alicia y Olivia —dijo Dylan.

Kristen se puso a llorar, y Dylan la abrazó.

—Ya paren, chicas, o me van a hacer llorar a *mí* también —dijo Claire.

Abriendo bien los brazos, Dylan y Kristen le dieron a Claire un abrazo de consuelo.

Massie se negó a parecer derrotada frente a toda esa gente, y especialmente frente a Alicia. Prefirió acercarse despacito a las cajas con los dedales para observarlas de cerca.

Los aplausos y la música hip-hop le daban vueltas en la cabeza, y tenía que recordar que no eran para ella. Todo lo que le quedaba era escuchar frases hechas como *"todas* son ganadoras" y "tienes suerte de haber llegado a la final". Las miradas compasivas de los amigos de sus papás y las invitaciones para ir a comer un helado estaban a sólo minutos de convertirse en realidad. No era justo. Habían trabajado tan duro. ¡DOS VECES!

—Tiene que haber un error —se dijo Massie para sí misma, inclinándose a examinar las pruebas.

Entonces, se dio cuenta de que su dedal violeta estaba en la caja que tenía la foto de Alicia y Olivia.

—Miren —dijo Massie, señalando su descubrimiento a las otras tres.

—¿Por qué votaste por ALICIA? —exclamó Dylan.

—¡Claro que no, tonta! —dijo Massie—. Dios mío, no seas tan *Olivia*.

—Deben haber cambiado las fotos —dijo Claire.

—¡Tienes razón! —exclamó Dylan.

—Vamos a contarle a Pia —dijo Kristen —. Rápido, el micrófono, hay que decírselo a todo el mundo —y se lanzó hacia el podio.

—No, no vayas —le ordenó Massie—. No se lo digan a nadie, todavía no. Tengo que pensar.

—Pero… —dijo Claire.

—Tenemos que quedarnos escondidas entre las matas, como los animales cuando están a punto de atacar. Y cuando sea el momento oportuno, saltaremos sobre ellas.

—Cálmate, "Cazadora de Cocodrilos" —dijo Dylan—. Ya me diste miedo.

—Tienen que confiar en mí —insistió Massie—. Prometo que les haremos pagar por esto. Sólo déjenme pensar en el plan perfecto.

—Está bien —dijo Kristen—. Pero no puedo creer que las vayamos a dejar salirse con la suya.

—Pues siempre podemos pedirle a mi mamá que haga un reportaje sobre esto en *The Daily Grind* —dijo Dylan—. Para el lunes en la tarde todo el país sabrá que Alicia y Olivia son unas tramposas.

—Sí, yo puedo hacer que mi papá se asegure de que todo este asunto del uniforme nunca sea realidad. Le pediré que dé dinero para construír un ala para el edificio de la escuela, o algo así —dijo Massie—. Y en el momento oportuno, le demostraremos a todo el mundo quiénes son las *verdaderas* perdedoras.

Massie esperó a que su numerito de tengo-todo-bajo-control fuera convincente, porque en realidad se sentía enferma. Alicia había pasado de ser su mejor amiga a su peor enemiga en menos de cinco minutos, y eso la dejaba demasiado herida para estar enojada y demasiado enojada para sentirse herida.

—Oye, Massie, qué bien estuvieron —dijo Alicia. Ella y su compañera de equipo estaban recogiendo sus cosas—. De veras nos hicieron sudar.

Massie tenía un nudo en el estómago, y apenas podía mirar a Alicia a los ojos.

—Entre las matas —les dijo a las demás entre dientes, pero también para recordárselo a sí misma.

—Yo considero que esta victoria es para todas —dijo Alicia—. Digo, seguimos siendo buenas amigas, ¿verdad?

—Por supuesto, nos alegramos por ti —dijo Massie entre dientes.

—Por cierto, tengo un chisme —dijo Alicia—, pero no voy a pedir puntos. Tómenlo como un regalo —dijo, dándole vuelta en el índice a su anillo de oro y rubíes.

—¿Ah, sí? —Massie sonaba aburrida.

—Le gustas a alguien —dijo Alicia—. Y mucho.

—¿De veras?—preguntó Massie. ¿A quién? —trató de sonar indiferente, pero casi reventaba por dentro. Le gustaba a Cam. Le gustaba al chico con un ojo verde y otro azul. No le gustaban Alicia ni Olivia ni Dylan ni Kristen ni una chica de octavo grado, sino ella. La noche se iluminó de nuevo.

—A Derrington —dijo Alicia.

—¿Qué pasa con él? —preguntó Massie.

—Le *gustas*. Me lo dijo él mismo. También me pidió que no te lo contara, así que no se lo digan a nadie, ¿de acuerdo?

—¿En serio? —dijo Massie, frunciendo el ceño—. ¿Estás completamente segura?

—Claro —dijo Alicia—. Mis chismes siempre son correctos, ¿por qué?

—Pues, por alguna razón, creí que ibas a decir Cam —dijo Massie con aparente tranquilidad.

—No, a él le gusta alguien más; pero todavía no ha dicho quién es —dijo Alicia.

Massie se miró los Keds con adornos de pedrería. Nada tenía sentido.

—¿Qué vas a hacer con Kristen y Dylan?

A Massie todo le daba vueltas, y de pronto sintió mucha sed.

—¿Ya no le gustan Kristen o Dylan? —preguntó Massie.

—Pues me dijo que sólo hacía planes con *ellas* porque esperaba que tú estuvieras ahí —Alicia parecía emocionada con la noticia, pero Massie no entendía por qué—. Entonces, ¿qué vas a hacer?

—Voy a buscar a mis papás y quizá a comer helado —dijo Massie, y se alejó de Alicia, aturdida.

Si a Cam no le gustaba *ella*, entonces ¿*quién* le gustaba? Se sentía muy confundida por la noticia como para averiguarlo esa misma noche; pero mañana ya comenzaría una investigación en forma. Y cuando se enterara, ¡pobre de la chica!

Todd se levantó y alzó su piña colada sin alcohol. —Quisiera hacer un brindis —dijo, golpeando suavemente su copa con el tenedor—. Por las mejores diseñadoras del mundo…

—Por las mejores diseñadoras del mundo —repitieron los Block y los Lyons, mirando a las dos chicas en la cabecera de la mesa.

—Abercrombie y Fitch —dijo Todd.

De inmediato le cayó una lluvia de panecitos a medio comer y servilletas usadas, cosa que los papás jamás hubieran permitido si no estuvieran en el salón privado del primer piso del restaurante.

—No, en serio —siguió Todd—. Aunque voté por Alicia, creo que el trabajo de ustedes fue estupendo.

Massie le arrojó un cuadrito de mantequilla, que aterrizó en una oreja de Todd.

—Me encanta cómo te ves cuando te enojas, muñeca —dijo.

Jay y Judi hicieron una mueca de hastío ante el comentario, tratando, al mismo tiempo, de contener la risa.

—Bueno, esto sí es en serio —Todd sacó de debajo de la mesa tres lilas y se las dio a Massie—. Son flores violetas, tu color favorito.

Se oyó una ronda de exclamaciones de sorpresa de los papás.

—Qué lindo detalle, Todd, pero jamás de los jamases seré tu novia —dijo Massie, oliendo las flores.

—Nunca digas nunca —dijo Todd con un guiño pícaro, frunciendo los labios.

Massie hizo una mueca de disgusto y se limpió la boca con la muñeca.

—Y Claire, hermana querida, te escribí esta nota sólo para que sepas lo orgulloso que estoy de ti.

Claire tomó el sobre doblado de la mano húmeda de Todd, despacio y con cuidado, como si fuera a explotar. Pasó el dedo meñique por la solapa y lo abrió, sin dejar de mirar con sospecha a su hermano.

—¿La leo en voz alta? —preguntó Claire.

—Es muy conmovedora. Quizá deberías leerla en el baño —sugirió Todd.

Claire sabía que ahí había gato encerrado. Sólo había visto a su hermano realmente afectado una sola vez, cuando Nathan le ganó jugando al nuevo videojuego de Fórmula 1.

—Está bien —dijo Claire levantándose de la mesa—. Mamá, ¿me pides un *sundae*?

Claire entró al baño, sacó la carta del sobre y comenzó a leerla. Después de la primera frase, alzó la mirada y buscó con la vista cámaras escondidas.

—Esto tiene que ser una broma —le dijo a la muchacha encargada del baño.

—¿Qué dices, linda?

—Nada —dijo Claire, metiéndose en uno de los cubículos para estar sola.

HOLA CLAIRE:

SEGURAMENTE NO TE GUSTÓ PARA NADA EL CD QUE TE GRABÉ, PORQUE NUNCA ME CONTESTASTE SOBRE LA PELÍCULA. POR CIERTO, CREO QUE EL UNIFORME DE USTEDES ERA FENOMENAL Y QUE USTEDES DEBÍAN HABER GANADO.

—CAM

P. D. LOS KEDS ERAN UN DETALLE GENIAL.

Claire leyó la nota cuatro veces antes de salir del cubículo. ¡Tenía tantas preguntas que hacer! Sin duda, la primera era para su hermano.

Abrazó a Todd para agradecerle la "linda nota" y aprovechó para preguntarle al oído.

—¿Cómo la conseguiste?

—Él me la dio y me pidió que te la entregara —dijo Todd en voz baja.

—¿Y por qué dijiste que la habías escrito tú? —preguntó Claire sin soltarlo.

—Porque le traje flores a Massie y no te traje nada a ti. Me sentí culpable.

Claire volvió a abrazarlo.

—¿Qué sabes de un CD? —preguntó.

—¡Ah!, sí —dijo Todd—. Se me ha olvidado dártelo. Está buenísimo.

Claire le habría pegado, pero se sentía demasiado feliz.

El mesero llegó con los postres: pasteles, galletas, flanes y tartas. El señor Block pidió uno de cada uno, porque estaban celebrando.

—¿Qué celebramos, papá? —preguntó Massie, llenándose la boca con una cucharada de helado de caramelo.

—Pues que no van a tener que usar ese horrible conjunto de suéter y falda que propuso Ann Marie Blanc —contestó él.

Todos se rieron, y agradecieron a los dioses de la moda por los pequeños milagros.

—Claro, pero ahora tendremos que usar sandalias de tiras —dijo Claire.

—No, si mi inteligente, brillante, poderoso y guapo papá dona un edificio, o algo así, al departamento de alta costura de la escuela, para que podamos vestirnos como queramos otra vez —Massie pestañeó, y agregó unos cuantos "por favor" con voz melosa para mayor efecto.

Claire vio que la expresión del señor Block se suavizaba, y decidió apoyarla.

—Por favor, William. Por favoooor.

—Miren quién de pronto se interesa por la moda —dijo Judi, dirigiéndose a su hija.

—¿Estarían pidiéndole a William que arreglara las cosas si hubieran ganado? —preguntó Jay.

—Es que sí ganamos, y… —Claire sintió la punta de la bota de Massie clavándose en su espinilla.

—¡Ay! —exclamó Claire.

—Entre las matas —dijo Massie entre dientes.

Claire la miró como ofreciéndole disculpas, y Massie sonrió.

—¿A qué te refieres con que ganaron? —preguntó el papá de Claire.

—Bueno, no lo digo literalmente, papá —dijo Claire—. Digo que gané porque me la pasé increíble.

Claire sintió otro puntapié por debajo de la mesa, pero esta vez más suave. Massie puso cara de aguantarse la risa, y Claire supo que lo había hecho bien.

—¿Cuándo te cambiaste los Keds? —le preguntó Claire en voz baja, frotándose la pierna.

—Justo después del desfile —dijo Massie.

Las dos se rieron.

En ese preciso momento, Claire dejó de tenerle miedo a Massie. La chica con los ojos color ámbar había dejado de ser una misteriosa diablilla. Se preocupaba por su ropa, sus amigas le daban puñaladas por la espalda, le gustaban los postres bien azucarados, y no siempre ganaba, aunque lo mereciera. Massie era una persona normal, sólo que lo ocultaba muy bien.

Claire vio que Massie se limpiaba la comisura de los labios con una servilleta de tela y se ponía otra capa de brillo en los labios, y comenzó a entender por qué Massie había tardado tanto en aceptarla.

Como la oportunidad de usar un disfraz de diablilla atrevida, la amistad de Massie no era algo a lo que Claire tenía derecho de manera automática: era algo que tenía que ganarse. Y finalmente lo había logrado.

Claire deslizó su mano en el bolsillo trasero de sus jeans Gap y tocó la nota de Cam, sólo para asegurarse de que estaba todavía ahí.

"Se la voy a enseñar a Massie después de cenar", pensó. Se moría de ganas de ver su reacción. Se imaginó que se abrazarían y brincarían de alegría, y que la leerían muchas veces hasta aprendérsela de memoria. Claire tenía la sensación de que la vida con Massie comenzaba a ser realmente emocionante.

¿Cuándo se hará la película de THE CLIQUE? ¿Me podrían dar el papel de Massie?

Todo el mundo me pregunta lo mismo. ¡TODOS! Durante cuatro años, desde que salió el primer libro de la serie (en inglés), no tuve ninguna respuesta, o al menos ninguna divertida. ¡Por fin la tengo! Después de la larga espera, les puedo anunciar que la película ya se está filmando y saldrá en DVD a finales de 2008. Esta peli es sólo del libro 1, y los productores quieren hacer una para cada libro. ¿No es fantástico? Manténganse informadas sobre el Estado Actual de *este* Reino en lisiharrison.com. Ahí les iré poniendo las últimas novedades, chismes de la filmación, fotos del set, etc...

¿Quiénes son las chicas de la portada?

¿La del medio es Massie o Alicia?¿Dónde está Claire?¿Por qué sólo se ven tres y no cuatro? Las chicas que aparecen en las portadas de los libros son modelos que representan una *clique* cualquiera, no *la Clique*. Ustedes deciden, basándose en mis descripciones y en su propia imaginación, cómo son Massie, Claire, Alicia, Kristen y Dylan. Así que, si les parece que la chica del medio es Alicia, está bien, es Alicia. Y si no, también está bien. ¡Como sea! Bueno... ahora, en la

peli, podrán verlas tal cual son... Yo creo que las actrices que se han elegido son perfectas para cada personaje... ¡Ya nos darás tu opinión!

¿Qué personaje se parece más a ti?

Hasta cierto punto, llevo a todos los personajes dentro de mí. Soy como Massie porque amo la moda, las respuestas ingeniosas y a mi cachorrita Bee Bee. Pero no me gusta causar temor, y nunca querría hacer llorar a nadie, y menos a mis amigas.

Soy como Claire, porque trato de aceptarme tal como soy. Soy como Dylan, porque los eructos me parecen divertidos y me encanta comer. Soy como Layne, porque creo que ser original es chic. Y, de vez en cuando, tengo obsesiones con cierto tipo de comida. Por ejemplo, esta semana he comido sin parar esas empanaditas chinas rellenas de pizza.

Los personajes a los que menos me parezco son Kristen, porque soy pésima para los deportes, y Alicia, porque tengo pechos pequeños y porque nunca seguiría a nadie.

¿Cómo puedes escribir para las de séptimo grado, si es obvio que tú ya no estás en la escuela?

Es muy simple. *ESTUVE* en séptimo grado en algún momento de mi vida, y recuerdo lo que sentía al despertarme en la mañana y preguntarme si mis amigas todavía me querrían, aunque no hubiera hecho nada malo. También recuerdo cómo se siente acosar a alguien; porque, bueno, mejor ellas que yo, ¿cierto? Todas hemos sido

Massies y todas hemos sido Claires en algún momento, y esos sentimientos de abusar y ser víctima de abusos nunca se olvidan.

¿Cómo se te ocurrió la idea de escribir sobre cliques?

Trabajé en MTV durante diez años y este lugar me recordaba mucho al bachillerato. La gente siempre trataba de encajar en el grupo de los más populares, y eso me trajo muchos recuerdos. Ahí escuchaba cosas como: "¿A quién vas a ver este fin de semana? ¿Te invitaron a alguna fiesta importante? ¿Dónde compraste tu ropa? ¿Con quién almorzaste hoy?". ¿Te suena familiar? No me tomó mucho tiempo darme cuenta de que las *cliques* y el deseo de ser aceptado no desaparecen con la edad, sólo se hace más fácil reírse de ello. Y por eso escribí *CLIQUE* como una comedia, y no como un drama. A veces, la manera en la que actuamos es tan patética que resulta divertida.

¿Algún consejo para aspirantes a escritoras?

1. Escriban todos los días. No tiene que ser bueno, ni interesante, ni siquiera gramaticalmente correcto. Sólo escriban a diario. Eso mantiene la imaginación viva, y les garantizo que al final de cada sesión tendrán, por lo menos, una buena frase que podrán usar después.

2. Lean mucho. Y lean lo que se les antoje, no lo que *creen* que les tendría que gustar. Porque es muy probable que escriban algo del género que les gusta leer. Es importante saber cómo lo hacen los demás.

3. Lleven una libretita a todas partes. Si ven algo

divertido, anótenlo. Si conocen a alguien con un nombre genial, anótenlo. Si se les ocurre una idea interesante para una historia mientras van en el bus, anótenla. Así, la próxima vez que rebusquen en la mente detalles o ideas, las tendrán justo ahí, en su a-do-ra-ble libretita.

4. Si alguien les dice que nunca serán escritoras, pónganse sus botas más puntiagudas, respiren profundo y patéenlo en la espinilla. ¡Y escriban sobre *eso!*

¿Cuántos libros de CLIQUE habrá?

Mi compromiso con la editorial es escribir 11, o sea que todavía faltan unos cuantos por publicar... Pero si quieren más, escribiré más. En español se comenzará con los 4 primeros. Y si ustedes quieren, vendrán más...

¿Vas a escribir otras cosas?

¡Claro! Siempre estoy pensando en ideas nuevas y originales. Mi siguiente novela es sobre quinceañeras en los campamentos de verano.

¿Algún consejo para las chicas que van a escuelas con grupitos de amigas como el de Clique?

Para empezar, tienen que entender por qué las chicas malas son así de malas.

Son inseguras.

Sé que es difícil de creer, porque probablemente son bonitas, populares, extrovertidas y tienen mucho estilo. Pero créanme, es la verdad. Las chicas que desprecian a otras chicas lo hacen para tratar de sentirse mejor consigo mismas. Tengan eso en mente la próxima vez que un grupo de malvadas las trate como perdedoras. En realidad, ellas son las patéticas; simplemente, aléjense. Y, por favor, por favor, por favor, dejen de intentar que esas chicas las acepten. ¿De veras creen que van a ser más felices si son amigas de las más populares? ¡Para nada!

Busquen a alguien que comparta sus mismos intereses, y júntense con esas personas. Es mucho mejor tener un solo amigo verdadero que cien falsos. ¡Es un hecho!

¿Dónde puedo conseguir el brillo de labios Glossip Girl del que hablas en el Libro 4?

Lo siento, chicas, todo es inventado. Me encantaría que hubiera un "Club del brillo de labios para cada día" que me entregara a domicilio un nuevo sabor todas las mañanas. Pero mientras tanto, imagínense que ya existe. Y, de paso, ¿se les ocurre algún nuevo y delicioso sabor? ¡Ya se me acabaron las ideas!

la historia de mi vida

Por Lisi Harrison

Cada vez que alguien comienza una historia con la frase "Nací en...", los ojos se me cierran y trato de no bostezar. Así que haré mi mejor esfuerzo por encontrar una manera más interesante de decir que nací y me crié en Toronto, Canadá.

Y ya lo hice, ¿qué tal? :)

No fui a una escuela privada como la OCD, y tampoco formé parte de un grupito de "Massies" ricas y malvadas. Fui a una escuela hebrea hasta el noveno grado y luego pasé a Forest Hill Collegiate, una escuela de bachillerato pública. Muchos de los chicos en mi grado eran de familias que nadaban en dinero y se vestían con todo de Polo (aclaro que en esa época estaba MUY de moda, ¿okey?), mientras que yo tenía prácticamente prohibido vestirme con algo que no fuera fabricado por Kmart o Hanes. Probablemente habría podido usar algo de The Gap, pero en ese tiempo sus tiendas todavía no invadían Canadá. Mis papás se habían impuesto la misión, hasta donde les fuera posible, de mantenerme con los pies en la tierra y de que no me volviera una niña consentida. Y ahora, por mucho que me en-can-te la moda, nunca compro ropa o accesorios de marcas famosas. Tiendo a buscar cosas más originales. Es cierto que a veces acabo viéndome un poco rara, pero al menos no soy el clon de nadie. Soy la única rara de la fiesta.

La historia de mi vida (2)

Cuando cumplí dieciocho años me fui a vivir a Montreal, para estudiar cine en la Universidad McGill. A los canadienses les gusta pensar que es la Harvard de Canadá, pero los estadounidenses siempre se ríen de eso, y me llaman "aspirante a intelectual". ¡Qué amables!, ¿verdad?

Bueno, la cosa es que salí de McGill después de dos años porque sabía que, en el fondo, lo que de verdad quería era ser escritora y no cineasta, y el programa de redacción creativa en esa universidad era bastante malo. Así que me cambié al Emerson College, en Boston, de donde me gradué en Bellas Artes con especialización en redacción creativa. ¡YUPI!

Y heme ahí, con mi diploma, tan sólo diez dólares en mi LeSportsac y sin saber qué hacer. Por suerte, mi amigo Lawrence (yo lo llamo Larry, aunque le choca que le digan así), que trabajaba en MTV en Nueva York, se compadeció de mí. Me ofreció un cargo buscando participantes para Lip Service, un programa de concursos. Todo lo que tenía que hacer era mudarme a Manhattan, al día siguiente.

¡Y lo hice!

Acabé trabajando en MTV durante doce años maravillosos. Al principio, me dieron los peores cargos, pero poco a poco ascendí a guionista titular y luego me nombraron directora de difusión. Fue entonces cuando mi trabajo se volvió realmente genial. Me tocaba crear y desarrollar nuevos programas para los canales del grupo, por ejemplo, *One Bad Trip* y *Room Raiders*. Y, créase o no, fue MTV y no la escuela lo que me inspiró para escribir THE CLIQUE. Había muchos empleados de MTV que hacían y se ponían lo que fuera con tal de ser aceptados por el grupo de los más populares. Me recordaba tanto de cómo era la vida en séptimo grado que tenía que escribir sobre eso. Y el resto es historia.

Escribí *The Clique* (Clique, en español) y *Best Friends for Never* (Mejores amigas, nunca jamás) mientras todavía trabajaba en MTV, por si acaso mi vida como escritora no resultaba. Y, en junio de 2004, decidí saltar al vacío, dejar mi trabajo y ser escritora de tiempo completo.

Ahora paso unas nueve horas al día escribiendo en mi apartamento en Nueva York. Al mismo tiempo, trato de impedir que Bee Bee, mi perrita chihuahua de pelo largo, deje de lamer la pantalla de mi computadora. Quizás deba sacarla ahora mismo para que haga sus necesidades...

¡Adiós!